逆行した悪役令嬢は、
なぜか
魔力を
失ったので
深窓の令嬢になります
7

主な登場人物
ラシェル・マルセル
マルセル侯爵家の元悪役令嬢。デュトワ国の第一王子であるルイの婚約者であり、闇の精霊クロの契約者でもある。理想を叶えるために邁進中。
ルイ・デュトワ
デュトワ国の第一王子。いつも冷静で王族としての立場を忘れない。ラシェルの婚約者で溺愛している。ラシェルに協力し、留学生の受け入れを始める。
テオドール・カミュ
カミュ侯爵家の嫡男で、魔術師団に所属。人をからかうのが好きで、物事を面白い方向に進めたがる。精霊から懐かれやすい。

リュート・カルリア
トラティア帝国の大公子息、トルソワ魔法学園高等部2年生。マーガレットとともにやってきた帝国からの留学生でトラティア皇帝の右腕。今回の留学には何か目的があるようで……。
アンナ・キャロル
小動物のような見た目で明るい笑顔を絶やさない少女。光の聖女としての務めで各地の教会を回っており、忙しい日々を過ごしている。転生者であり、前世の記憶を持っている。
マーガレット・トラティア
トラティア帝国の第7皇女、トルソワ魔法学園中等部1年生。皇女らしからぬお転婆な少女。アンナとテオドールに憧れている一方で、なぜかラシェルには敵意を向ける。

Contents

逆行した悪役令嬢は、なぜか魔力を失ったので深窓の令嬢になります

7

蒼伊

イラスト
RAHWIA

1章　卒業パーティー

マルセル侯爵邸の2階から、エントランスに繋《つな》がる階段をゆっくりと降りる。

下へ視線を向けると、今日の自分の装いであるダークブルーのドレスが目に入る。私の動きに合わせて、スカート全体に施された百合《ゆり》の刺繍《ししゅう》が風にたなびくように揺れる。さらに耳元でサイドに留めた、ゴールドで作られた三重の細いチェーンの髪飾りが、足を進めるたびに、シャランと微かに音を立てる。

木製の手すりに掴まりながら、階段の緩《ゆる》やかなカーブを曲がると、私の視界にキラキラと輝く金色が目に飛び込んできた。

その金色がふわりと揺れ、こちらを優しく見つめる蒼色の瞳が一層甘く細められた。

目の前の彼——この国の王太子であるルイ様は、柔らかい笑みを浮かべながら、私に手を差し出した。

「準備はできた？」

「はい。お待たせしました」

ルイ様の手のひらに自分の手を重ねると、その手はギュッと私の手を包み込む。そして、自然とルイ様の体に覆《おお》われるように両腕の中に閉じ込められた。

「ラシェル、今日もとても綺麗《きれい》だね」

「ありがとうございます。ルイ様の贈ってくださった髪飾りとネックレスのおかげです」

ルイ様は、私の言葉に嬉《うれ》しそうに頬《ほお》を緩めた。

「私が贈ったものがラシェルの輝きの一つになるなんて、送り主としてこれほど幸せなことはないよ」

首にかけられたサファイアにそっと手を這《は》わせると、手袋越しにひんやりとした石の感触を感じる。ルイ様に微笑《ほほえ》みかけると、美しい瞳と目が合う。その色は贈られたサファイアとよく似ている。

そんなルイ様と同じ青を身につけることで、守られている安心感のようなものを得られる。

「何より、今日はラシェルにとって特別な日。君の卒業パーティーなのだから」

——なぜこんなにもめかし込んでいるのかというと、今日は私の晴れの日、卒業パーティーの日だからだ。

思いのほかオルタ国に滞在する期間が長かったことで、3学年の後半はほとんど通うことができなかった。それでも、帰国がこの日に間に合ったことは、何より幸いだった。

ずっと夢だったトルソワ魔法学園の卒業の日。その日に、卒業生として参加できるのだから。

午前中に行われた卒業式では、代表挨拶《あいさつ》を任された。壇上から挨拶をすると、まるで前の世界での入学式挨拶を思い出し、胸に熱いものが込み上げてきた。

——あぁ、本当に卒業することができたのか、と。

前世の私は、この日を迎える前に命を落とした。だからこそ、私にとってトルソワ魔法学園からの卒業は、一種の区切りだ。——まさに、新たな未来へと歩むための。

しんみりとした気分になっていると、そんな私の気持ちを汲《く》み取ってか、ルイ様は優しく微笑んだ。

「ラシェル。さぁ……行こうか」

「はい、ルイ様」

ルイ様にエスコートされて、馬車へと乗り込む。馬車は私たちが席に着くと、ゆっくりと動き始めた。

ユラユラと揺れる馬車の中、窓の外を眺《なが》める。空を染めたオレンジ色の夕日は、心を穏やかに、優しい気持ちにしてくれる。

「あぁ、そういえば……」

ルイ様の言葉に、私は視線を正面へと向ける。すると、窓から差し込んだ陽により、ルイ様の頬が赤く染まっている。その様子を眺めていた私に、ルイ様は嬉しそうに頬を緩めた。

「ラシェルに知らせがあったんだ」

「知らせですか？」

「そう。間違いなく、ラシェルが喜ぶ話だと思うよ。だから、すぐにでも伝えないと、って思ってさ」

――私が喜ぶ話？　……何のことだろう。

首を傾げる私に、ルイ様は目を細めながら頷《うなず》いた。

「試験的にだけど、トルソワ魔法学園に中等部が作られることになった。各地に設置を検討中の小等部の先駆けになるだろう」

「まぁ！　ついに許可が下りたのですね！」

馬車に乗っていることも忘れて、思わず腰を浮かせてその場に立ち上がりそうになる。だが、すぐにハッとして座り直す。

はしたない振る舞いをしてしまったと、一瞬で頬を熱《ほて》らせながら俯《うつむ》く私に、ルイ様がクスッと笑みを漏らす声が聞こえた。

「ラシェルが頑張ったおかげだ」

その言葉に、じんわりと温かいものが胸に流れてくる。ついに、私が変えていきたいと願っていたことへの第一歩を、踏み出すことができるのかと。

ワクワクする気持ちを抑えきれず、そっと顔を上げる。すると、ルイ様は「ここから、だな」と優しく微笑んだ。

私がこの国の教育の在り方を変えたいと思うようになったのは、随分《ずいぶん》と前のことのように思う。――そう、あれは時を遡《さかのぼ》り魔力を失って、自分に何ができるのか。どうすれば変わることができるのかと、もがいていた時だった。

マルセル侯爵領で孤児たちと偶然出会ったことによって、私の狭かった世界は一気に広がった。世界は王族だけのものでも、貴族だけのものでもない。その時の私は、そんな当たり前のことでさえ気づけなかった。

この国に暮らす民たち誰もが輝かしい未来を信じられるような国になってほしい。――それこそが、私の夢。

例えば、トルソワ魔法学園で学ぶことができるのは、15歳以上の貴族と、一部の優れた魔力を持つ平民のみ。彼らのほとんどは魔法学園に入学するまでは、幼い頃から専属の家庭教師を雇って学ぶ。

だが、これは貴族と一部の裕福な平民の子供の場合だ。

各領地には、領主の意向により領独自の教育機関を持つところもあるが、それも商家の子息の話である。その他大勢の平民と呼ばれる者たちはというと、学費を払うことが叶わず、教育を受ける機会がない。貧民層は文字の読み書きや簡単な計算さえ習う機会がないまま、生涯貧民のままであることがほとんどだ。

貧民層はそのまま貧民層から脱することはほぼなく、彼らの子供たちも同じように一生を過ごす。剣や魔法の才を持つ者以外、貧しさから逃れる機会はほとんどない。

だけど、学ぶ機会さえあれば、知識を得ることができれば、それは本人の力になり、自らの道を切り開く鍵になり得る。そのために、私はこの国に生まれ育つ子たちに、教育を受ける機会を作りたい。

もちろん、私の理想とする環境を作るには、気が遠くなるほどの時間を要するだろうし、もしかすると、夢物語なのかもしれない。

けれど、少しでも近づけられるよう、まずはトルソワ魔法学園の在り方から変えていこうと考えた。今の教育を当たり前だと考える貴族社会の中で、少しの変化でも排除しようとする人たちは少なくない。だからこそ、まずは貴族が多く通うトルソワ魔法学園から始め、徐々に国全体へと変化を拡大させていくつもりだ。

手始めとして、反対の声があがりにくいであろう、中等部の設立と留学生の受け入れから始めることを目指していた。

「近隣国には、既に留学生の希望について声をかけている」

「そうなのですね！　あっ、あの……貴族の子女や留学生だけでなく、優秀な平民の件も進められそうですか？」

中等部設立と同時に、金銭的に余裕がないものの一定以上の学力を持つ者に対して、奨学金制度を設けることを考えていた。これは、元々平民出身の魔術師育成のための制度だったが、魔力に限らず優れた能力を持つ者を国として支援することは、国の人材を育てる観点からも重要ではないか、と説得を試みたことだった。

だが、こちらはもしかしたら反対の声が大きいかもしれないと危惧していた。だが、ルイ様は私の心配を分かっていたようで、「そちらも心配いらない」とキッパリと告げた。

「奨学金の件も賛成多数で進められる。門戸《もんこ》を広げて優秀な者を集める予定だ」

ルイ様は私の目を真っ直ぐ見つめながら、力強く頷いた。

「ありがとうございます。……誰でも教育の機会を。その理想には、まだ遠いかと思います。それでも、きっとその理想を叶える一歩になりますよね」

「長い道のりになるだろう。だが、きっとこの変化は大きな一歩になる」

おそらく私がやろうとしていることには、今後も貴族内では反発の声が上がるだろう。それでも私を信じ、私のやろうとすることを支援してくれる、一番の味方であるルイ様の存在があってこそ、私は夢を見られるのだろう。

「それで、試験クラスはいつからになりますか？」

「国内の優秀な者たちは既に目星をつけている。それに教師も雇用した。だから、とりあえず来年度から、各学年に1クラス定員20名を予定している」

「来年度からですか！　あと1カ月ほどで」

「とりあえず試験的に、ということだから。まだどうなるかは分からないけど」

「いえ、十分です。まさかこんなにも早く動き出せるなんて思いもしませんでした」

私がルイ様に中等部設立の案を出したのはおおよそ半年前、オルタ国へと向かう前の話だ。その後、オルタ国でのゴタゴタが片づいたばかりだというのに……。

——ルイ様の行動力と判断力、そして周囲の者を動かす力は、本当に優れている。何十年も変わることのなかったトルソワ魔法学園を、こんな短期間に……。

「ラシェルがまとめてくれていた資料がよかったから、貴族院や学園側にも働きかけやすかったよ」

「ありがとうございます」

「あとは、希望する留学生を中等部と高等部、それぞれに数人程度招く予定だ。オルタ国のリカルド殿下にも話をしたところ、公爵子息が中等部に、伯爵令嬢が高等部にぜひ留学したいと希望してくれたようだ」

「では、留学生の受け入れ準備もしないといけないですね。マルセル侯爵家でもホームステイを受け入れますので」

留学生は、他国の王族貴族のみであるため、基本的に王宮の客室を準備することになっている。だが、希望者がいれば、ホームステイを受け入れるのもいいかもしれない、と以前ルイ様に提案していた。

「まぁ、原則としては留学生の滞在は王宮でいいだろう」

「分かりました。では、そのように進めていきましょう」

「あっ、そうそう。イサーク殿下は、もう少し若かったら自分が立候補したのに、と悔しがっていたようだよ」

「ふふっ、イサーク殿下は本当に面白い方ですよね」

「おそらく本人は、かなり本気だったと思うけどね。何しろ、ラシェルのことを崇拝しているようだから」

思わず否定しようと焦る私をよそに、「まったく、妬ける話だよね」とルイ様は冗談めかして笑った。

「あまりからかわないでください」

「からかってなんかないよ。私は、ラシェルのことに関しては、いつだって短慮になってしまうからね」

じっとこちらを見つめるルイ様の瞳から、私への熱が伝わってくるようで、思わず頬が紅潮してしまう。そんな私を優しく見守るルイ様は、くしゃっと目を細めて、今という時間を心から楽しむように笑みを浮かべた。

◆◇◆◇◆

馬車から降りた私たちはそのまま真っ直ぐ、卒業パーティーの会場であるトルソワ魔法学園内のホールへと向かった。そして、ホールへと入る扉の前で、私とルイ様は足を止めた。

「ここから先、私は一緒に入場できないのが残念だ」

「えぇ、ルイ様は挨拶がありますものね。後ほど会場で」

「あぁ。ラシェル、もちろんダンスは私と踊ってくれるよね？」

「ふふっ。はい、もちろんです」

私はルイ様の言葉に、にっこりと笑って頷く。すると、ルイ様は名残惜《なごり》しそうに私の手を最後まで握りしめながら、「いってらっしゃい。楽しんで」と送り出してくれた。

ホール内へと足を踏み入れると、煌《きら》びやかに着飾った同級生たちが、ドリンクや軽食を楽しみながら談笑していた。周囲を見渡すと、視線の先にピンクの髪をふわふわと揺らしながら、私のほうへ嬉しそうに手を振っている女性が見えた。

まるで子犬のような愛らしさに、自然にクスッと笑みが漏れる。

そちらへとゆっくり歩みを進めると、彼女もまたこちらに近づいてきた。

「ラシェルさん！　お久しぶりです！」

「アンナさんも今日は参加できたのね。本当によかったわ」

「ラシェルさんも」

光の聖女であるアンナさんは、大教会で暮らしており、聖女としての務めで目まぐるしい日々を過ごしている。この国の教会は光の精霊王を神と定めている。そのため、光の精霊王の代弁者という立場のアンナさんは、各地の教会を回ることも多く、学園にも思うように通えなかっただろう。

アンナさんが卒業式に参加できるのか心配していたが、学生としての最後の日に、このように揃《そろ》って参加できたことを嬉しく思う。

だが、ニコニコしていたアンナさんは、ふと表情を暗くした。

「……オルタ国では色々と大変でしたね。殿下の件も……。私、先日まで何も知らなくて。ラシェルさんの助けにもなれず、申し訳ありません」

「そんな……こちらこそ、事後報告のような手紙になってしまってごめんなさいね。アンナさん、あなたが気に病《や》む必要なんて全くないのよ。アンナさんの心遣《こころづか》いだけで十分励みになるわ」

眉を下げて哀しげな表情を浮かべるアンナさんの肩に、そっと手を添える。するとクリッとした大きな瞳がこちらを覗《のぞ》き込んだ。

「こちらこそ、サミュエルとのこと……未だに隠れるように会う時間しか作れなくてごめんなさいね。２人の仲を隠すことなく、早く正式に発表できるようにしたいと思っているのだけど……」

私の言葉に、アンナさんは焦ったように首を左右に振った。

「いえ、そんな！　私たちは十分会うことができてますから。……もちろん、この先のことを考えたら不安もありますけど。……でも、私は今、とても幸せなんです」

穏やかな表情で頬を僅《わず》かに染めるアンナさんが今、誰を想像しているかなんてすぐに分かる。サミュエルとアンナさんを見ていると、本当に互いを大事にし、想い合っている様子が見て取れる。

聖女と料理人という、本来であれば結ばれることすら困難な関係性。だけど、互いにとって唯一無二で、運命と呼ぶに相応《ふさわ》しい２人を引き離すことなんて、精霊王であってもできないだろう。

「私たちは何年でも待ちます。だって、私の想いが彼に通じたことでさえ、奇跡のようなものですから」

キッパリと言い放ったアンナさんの表情には、迷いなど一切ない。

「今この瞬間こそ、大切にしないといけない。……そう、ラシェルさんに教えてもらいましたから」

「……アンナさん」

「この学園には色んな思い出があります。最初のうちは、この世界をゲームの中だと思い込もうとして、随分と時間を無駄にした気がします。今となっては、もっともっとあの時楽しんでおけばよかったなって、後悔もしています」

アンナさんの言葉に、昔の記憶を呼び起こす。どこか掴みどころのない、演じたような振る舞いをしていたアンナさん。そんなアンナさんが、今生き生きとした表情をしている。

私もまた、いつだって不安に駆られ、どこか諦《あきら》めを感じていた。だけど、勇気を出して踏み出した先は、私の知らない眩《まぶ》しい世界だった。

「ええ。私もこの学園にはいい思い出ばかりではないし、後悔も多いわ。……でも、かけがえのない友人を得た場所でもあるもの」

「ラシェルさん。……それって、勘違いでなければ……その友人の中に、私も入っていたりはしますか？」

目を丸くして不安そうに私を見つめるアンナさんに、私はにっこりと微笑んだ。

「卒業しても、この場所が大切な場所に変わりはない。それに、友情も変わらない。……でしょ？」

私の返答に、アンナさんはパァァッと顔を明るくした。

「も、もちろんです！」

光と闇という違いはあるが、お互い聖女という立場にあるからこそ、通じるものがあるのかもしれない。私とアンナさんは、この学園で出会い、一時期は顔を合わせることさえ辛《つら》い時期もあった。だけど、今はこんなにもかけがえのない存在になった。

この学園に二度目に足を踏み入れた時、ルイ様とテオドール様のような互いを尊重できる友人が持てたらいいなと考えていた。

だけどいつの間にか、私にもそのような心から信じられる友人ができたんだ。

2人で微笑み合っていると、

「あっ、2人とも！　ここにいたのね」

明るい声に振り向く。すると、そこには、私のもう1人の大事な友人であるアボットさんがグラスを片手に、こちらへと近づいてきていた。

「アボットさん、生徒会のほうはもういいの？」

「えぇ、もう大丈夫。引き継ぎも終わったし、あとは卒業生としてパーティーを楽しむだけ」

思えば、二度目の人生で緊張しながら入った教室で、私と真正面から向き合ってくれたのはアボットさんだけだった。彼女がいたからこそ、私は充実した学園生活を過ごすことができたんだ。

「今日でこの学園に通うのが最後なんて信じられない。……まさか卒業する日が来るなんて」

ポツリと呟《つぶや》いた私の声に、アボットさんとアンナさんは2人して、驚いたようにポカンと口を開けてこちらを見た。

「マルセルさん、そんなしんみりとするなんて珍しい」

「何だか夢のようで。嬉しいような、どこか寂しいような。現実感がないの」

「ふふっ。ラシェルさん、その気持ち分かります。学園の生徒ではなくなる自分があまり想像つかなくて。私……明日からもまた学園に通ってきてしまいそうです！」

アンナさんのその言葉に、私とアボットさんはクスクスと笑みを漏らしながら顔を見合わせた。

「それは困るわね。それじゃあ、今日は学園での思い出話を満足するまで語りましょうか」

「えぇ、賛成！」

頬に手を当てながらニコッと笑うアボットさんの提案に、私とアンナさんはすぐに頷いた。

その後、ルイ様が王族代表として登場するまで、私たち3人の話のネタは尽きず、笑い声も絶えなかった。

◆◇◆◇◆

卒業パーティーから1週間後、庭園を1人散歩していると、足元にふわりと柔らかいものが触れた。視線を下げると、そこには私の右足に体を寄せるクロの姿があった。

「あら、クロ。一緒にお散歩する？」

その場にしゃがみ込んで頭を撫《な》でる。すると、クロは満足気に耳を後ろに下げて目を閉じた。

『ニャー』

クロを撫でていると、ふと私の体を覆うように影ができた。不思議に思いふと見上げると、そこには陽の光を浴びるルイ様の姿があった。

「散歩日和だね、ラシェル。それに、クロも」

「あっ、ルイ様！　ちゃんと出迎えもせず、申し訳ありません」

慌《あわ》ててクロを抱えて立ち上がると、ルイ様は私の腕の中に大人しく収まるクロの頭を撫でた。

「いや、今日は急に押しかけてすまない。時間を作ってくれてありがとう」

「こちらこそ。お忙しい中、わざわざ我が家までいらしてくださり、ありがとうございます」

ルイ様がなぜここにいるのかというと、1時間ほど前に今日の訪問が可能かと連絡があったからだ。紹介したい者がいるから、時間を作ってほしいと。

だが、ルイ様の周りには誰もいない。もしかしたら近くにいるのかもしれないと辺りを見渡しても、それらしき人物はおらず首を傾げる。

「ルイ様？　お客様を連れてくると聞いていたのですが」

「あぁ、彼はあとで来るよ。用事が終わり次第、マルセル侯爵邸に向かうとのことだ。だから、それまでは私もラシェルの散歩につき合ってもいいかな？」

「もちろんです」

ルイ様は嬉しそうに微笑むと、私の腕の中にいたクロをゆっくりと抱き上げて自分の胸へと収めた。そして、片手でクロを抱き、もう片方の空いた手で、私の手を取った。

突然繋がれた手に、ハッとルイ様の顔を見上げる。すると、ルイ様は眩しい陽を浴びながら、いたずらっ子のようにニコッと笑みを浮かべた。

「こうすれば、手を繋げるね」

そう言ってルイ様は、繋がれた自身の右手と私の左手を満足気に見つめた。

だが、ルイ様の視線が私の手元に動くと、表情が僅かに曇った。

「やっぱり外れないようだね」

「バングルですか？」

「あぁ。ずっとこのままでは不便なことも多いだろうし、外す術《すべ》があるといいのだが」

どうやらルイ様がじっと見ていたのは、オルタ国で闇の聖女の絵画から突如現れたバングルだったようだ。バングルはあの時、古代文字を声に出した瞬間から、変わらず私の左手首に収まったままだ。

「それで、ドラゴンの様子は？」

「相変わらず……ずっと眠っています」

ルイ様と繋いでいた手を解き、バングルに手を這わせて魔力を注ぐ。すると、小さなドラゴンが私の両手の上に出現した。ドラゴンは、時折『キュー』と鳴きはするものの、眠りから醒《さ》める様子は一切ない。

すると、ルイ様の腕の中にいたクロが私の手の中にいるドラゴンのほうへと身を乗り出し、近づこうとしていた。ルイ様がクロの自由にできるようにと、クロを両手で抱えながらドラゴンの近くに寄せると、クロは小さな手でドラゴンをチョンッと触った。

「ははっ、クロはこんな風に、いつもドラゴンにちょっかいかけているのか？」

「そうなのです。結構乱暴に絡むこともあるのですが、それでも全く起きる様子がないのが不思議で」

「闇の精霊王はドラゴンのことを苦手としていたようだけど、クロはそうでもないのだな」

このドラゴンが出現する直前まで、闇の精霊王ネル様は私たちと共にいた。にもかかわらず、ドラゴンの気配を察知したネル様は、嫌そうに顔を歪《ゆが》めながら早々に立ち去ってしまったのだった。

「確かにネル様は、ドラゴンを厄介《やっかい》な奴らだと嫌がっていましたね。このバングルをしているせいか、ネル様もあれ以来現れないですし……」

神出鬼没なネル様だが、このドラゴンが現れてからというもの、めっきり姿を見せない。

「このドラゴンがどこから来たのか。なぜ前闇の聖女が封印していたのか。バングルは誰が作ったものなのか。その当時何があったのか。……知りたい疑問は沢山あるのに、知る術がないのがもどかしいです」

腕の中にいるドラゴンの体を優しく撫でる。僅かにひんやりとした感触が指から伝わる。

——せめてこの子が目覚めてくれたら、どういう子なのか分かるのに。起きるには、何か条件のようなものが必要なのかしら。

私はドラゴンの額に当てた手に魔力を込める。すると、先程まで手の中にいたドラゴンは淡い光をまとって、再びバングルの中へと消えていった。

その様子を黙って見ていたルイ様は、「うーん」と考え込む声を上げた。

「とりあえず、ドラゴンの謎については、まずは帝国のことを知るのが一番早いかと思う」

ルイ様の言葉に私も頷く。

やはり、ドラゴンについて調べるのであれば、トラティア帝国の存在を無視することはできない。なぜなら、トラティア帝国こそ、龍の血を引くドラゴンの国なのだから。

「はい、その通りですね。私も文献などで調べてみてはいるのですが……なかなか内情を知るのは難しいですね」

大陸一の広さと武力を持つ東の大国トラティア帝国は、西に位置するデュトワ国から遠く離れている。トラティア帝国のような大国に比べて、デュトワ国は人口も国土の大きさも帝国の5分の1程度。あまりにも国力が違う。

帝国との戦争に巻き込まれでもしたら、デュトワ国はひとたまりもない。

帝国を怒らせて地図から消えた国は数知れず。そのため、距離も遠いことが幸いであるこの国において、帝国と関わりを持とうとする者はほとんどいないだろう。

「私もオルタ国から帰国後、各所から情報を仕入れてはいるものの、現段階ではトラティア帝国の内情はほとんど分からない。……だから、詳しい人物を招いてみた」

「詳しい人物……ですか？」

トラティア帝国の関係者など誰一人知らない私は、ルイ様の言葉に眉を寄せた。

「ハリウド伯爵を知っているか？」

「もちろんです」

ルイ様の挙げた人物――壮年のハリウド伯爵は狩猟が得意な人物で、狩猟大会ではいつだって目立つ存在だった。それに、彼の豪快で裏表のない人柄は、貴族としては珍しく、社交界では好き嫌いが分かれる。けれど個人的には、彼のおおらかさと実直さは好ましいものだと思っていた。

「そのハリウド伯爵がどうかされたのですか？」

「どうやら、彼の縁者に帝国に嫁いだ者がいるそうなんだ。しかも、嫁いだ女性の息子は今、デュトワ国でガラス職人をしているらしい」

その言葉にハッとする。

――ルイ様が今日私の元を訪問したいと言った理由、そして紹介したい人物というのは……もしかして！

「あの、その方からお話が聞けるのですか？」

「あぁ。……あっ、噂をすれば。……どうやら到着したようだね」

ルイ様の視線の先を辿《たど》ると、そこにはサラがいた。彼女は、私とルイ様に会釈をすると、一歩横へとずれる。すると、サラの後ろにいた人物の姿がはっきりと見えた。

ベージュのハットを被《かぶ》った男性は、私たちの姿を確認すると、背筋をピンと伸ばした。そして、ハットを脱いで胸元に抱えながら、深々と頭を下げた。

◆◇◆◇◆

庭園のガゼボへと移動した私たちは、円形のテーブルを囲むように座った。テーブルの上には、サラが準備してくれた紅茶と、マカロンやマドレーヌといったお茶菓子。そして、中央には、花瓶に入った淡い桃色の薔薇《ばら》が飾られている。

私の目の前で、穏やかな笑みを浮かべている彼は、30代前半ぐらいだろうか。皺《しわ》のないパリッとしたスーツがよく似合う。清潔感のある装いは、少し垂れ目がちな目元も合わさって、人がよさそうな印象を覚える。

「お初にお目にかかります。私、サウムル工房のリンガと申します」

「初めまして。今日はわざわざありがとうございます」

「いえいえ、王太子殿下のご要望とあらば、いつでもどこでも駆けつけますとも」

ハリウド伯爵の縁者とはいえ、彼に爵位はないはずだ。つまり平民である彼は、王太子であるルイ様と対面する機会はないだろう。にもかかわらず、どんな相手を前にしても緊張感を感じさせず、堂々とした落ち着いた振る舞いに驚く。

ルイ様はどう感じているのか分からないが、彼の振る舞いに感心するように僅かに眉を上げたことから、少なからず興味を覚えているようだった。

「君はこの国に来て長いのか？」

「かれこれ3年ぐらいですかね。私は幼い頃から、母が聞かせてくれるデュトワ国の話が大好きでした。精霊と共に暮らす国なんて、まるでお伽話《とぎばなし》の世界のようで。昔から憧れと興味を持っていました。いつか、母の祖国であるデュトワ国に行きたい、と。ずっとそう願っていたのです」

リンガさんの表情はパッと明るくなり、キラキラと瞳を輝かせた。その表情は、彼が一流の役者でもない限り、彼の本心を率直に語っているように見えた。

「帝国でも実家が商家でしたので、何かしらの商売をしようと3年前に単身この国にやってきました。幸い親戚であるハリウド伯爵の支援を受けることができまして、帝国で学んだ技法を用いてガラス細工の商《あきな》いを始めました」

「伯爵に聞いたが、君の作るガラス細工は繊細で美しく、民からだけでなく貴族からも人気があるとか」

「ありがたいことに、最近になってようやく軌道《きどう》に乗ったところです」

恥ずかしそうに僅かに頬を赤らめたリンガさんは、嬉しそうに眉を下げて微笑んだ。そして、庭園で会った時から持っていた鞄《かばん》から片手大の包みを取り出して、テーブルの上へと置いた。

「これは私からマルセル侯爵令嬢へのプレゼントです」

リンガさんが包みをゆっくり開けると、銀色の細長い棒が出てきた。棒の先端には丸いガラス玉がついている。

「どうぞお手に取って、近くでご覧になってください」

初めて見る形状に、何に使う棒なのかと不思議に思いながら手に取る。透明度の高い青色のガラス玉の中を覗くと、その小さな丸の中に、貝殻や魚の絵が描かれているようだ。

——なんて美しいのかしら……。

「かんざし、と呼ばれる髪飾りです。数年ほど前から帝国の女性たちの間で流行《はや》っているものです」

「……髪飾り？　これが？」

私の手元を覗き込んだルイ様が、不思議そうにまじまじと眺めた。

「ええ、そうなのです。束ねた髪にこのかんざしを挿すと、髪をまとめられるのです。私も最初は、棒一本で女性の髪を束ねるなど考えたこともありませんでしたが。社交界で流行してからというもの、平民でも使いやすいからと、帝国中で人気になったのです」

「へぇ……かんざしと呼ばれる髪飾りか。遠い帝国で何が流行っているかなど、私が知る由《よし》もないから、面白いことを知れたよ」

ルイ様はリンガさんの話に興味深そうに頷いた。ただ私は、先端のガラス玉の美しさに魅了されたように、未だ手元をじっくりと眺めていた。

「とっても綺麗……まるで海の中をこのガラス玉に詰め込んだみたいですね。これが帝国の技術なのですか？」

「はい。ガラスの中に絵柄や紋様を入れ込むのは、帝国では昔から伝わる技法です。帝国で商人をしながら、職人の元に通って修行をしました。この作品も、私が自ら手がけたものです」

「商人をしながら修行を……。それは素晴らしい努力ですね」

「いえ、元々細かい作業が好きなものですから。自分の作品が商いになるというのは幸せなことです。……とはいえ、デュトワ国で帝国の技法が受け入れられるかは、賭けみたいなものでしたが」

「これほどの技量がありながらデュトワ国で職人をしようと思ったのは、先程仰《おっしゃ》っていたようにやはりお母様の影響なのですよね？」

キラキラと輝く瞳でデュトワ国のことを語っていたリンガさんは、私の問いに少し戸惑うように視線を彷徨《さまよ》わせた。さっきまでの軽妙なトークから一転、どう答えるべきかと考えあぐねているように見える。

「どうかされましたか？」

「えぇ、いえ……。そうですね、デュトワ国へ単身渡ったのは、母の影響もあるのですが……」

リンガさんは、困ったようにぎこちない笑みを浮かべると、視線をテーブルへと下げ、顔に影を作った。

隣に座っていたルイ様も、リンガさんの様子が気にかかったようだ。

「何か事情があるのか？」

顎《あご》に手を当てて眉間に皺を寄せたルイ様は、リンガさんを観察するように視線を強めた。リンガさんは、沈んだ表情のまま顔を上げた。

「……王太子殿下は、今の皇帝についてご存知ですか？」

「若き皇帝のことだな。武力に優れ、戦争の最前線で指揮をとり、圧倒的な勝利を収めていると聞いている」

ルイ様のその返答に、リンガさんは苦渋に満ちた表情で頷いた。

「民は彼のことを、血に濡れた狂人……と呼びます」

――血に濡れた狂人？　何という物騒《ぶっそう》な……。

初めて聞くトラティア帝国の皇帝の二つ名に、驚いて息を呑む。

「狂人か。圧倒的強さからそう畏怖《いふ》されているのか？」

「畏怖……そうですね。皇帝に逆らおうなんて者は、もはやあの国にはいないでしょう」

あの広大な土地を治める皇帝に逆らう人がいないとは。それほどに、圧倒的な強さを持つ皇帝とは、一体どのような人物なのか……。

私の知るトラティア皇帝の情報は僅かなものだ。確か歳は20代後半で、今から8年前に当時の皇帝である父を死に追いやり、玉座を手に入れたそうだ。彼に仇《あだ》なすものは兄弟であっても容赦なく切り捨てられたと聞く。

血気盛《けっきさか》んな若き皇帝は、皇位を手に入れるや否や近隣国との戦争を次々に起こしており、その仕掛けた戦《いくさ》全てで勝利を収めている。

私の把握している少ない噂話だけでも、血塗られた狂人という名に相応しいものなのだろう。

だが、実際はどのような人物なのか、リンガさんの口が開くのをじっと待つ。

「元々皇族の祖先がドラゴンだということは有名かと思います」

「あぁ、もちろん。だが、我が国で精霊の力が弱まってきたように、帝国でも龍の力は弱まっていると噂に聞く。何より、帝国が領土を広げられたのは、龍人としての力と共に戦闘竜《せんとうりゅう》たちの活躍によるものだ。だが、その戦闘竜も絶滅し、皇族の龍人としての力も弱まり、今や普通の人間に毛が生えた程度だという噂だ」

「あの、戦闘竜とは何ですか？　皇族が龍人の血を引くのとはまた違ったものなのですか？」

聞き慣れない戦闘竜という言葉に疑問を持った私は、率直にリンガさんに質問した。すると、リンガさんは「あぁ、そうですよね」と納得したように眉を下げた。

「トラティア帝国のドラゴンには種類があります。まずは、皇族の祖先である始祖龍《しそりゅう》。歴史上でも最強と呼ばれる龍です。その強さは国だけでなく大陸一。さらに、普通の竜とは違い、人型になることが可能でした」

「ドラゴンでありながら、人になれる……。それが龍人と呼ばれる理由ですか？」

「はい。自分の意思で、龍型と人型に自由自在に変化することが可能なのです」

龍人と聞いても、いまいちピンとこなかった。だけど、本当にそのままの意味だったとは。龍であり、人間である。姿を変えることができる存在とは……。

「もちろん帝国民の皆が龍人というわけではありません。あくまで始祖龍の血を引く皇族に限った話です」

「皇族に限ったこととはいえ、ドラゴンに変身できる龍人ですか。……それこそ、まるでお伽話のようですね」

「そうですね。帝国においても、今やお伽話ですよ。今は龍の血も薄れ、皇族であったとしてもドラゴンに変身するなど、ここ何百年も聞いたこともありませんから」

デュトワ国でも、昔は当たり前のように皆が精霊を見ることができ、契約することが可能だったそうだ。だが時代と共に、精霊を見ることができる人も限られた存在になった。

帝国でも同じように、かつての力を失っているということなのだろうか。

「そして、先程マルセル侯爵令嬢が質問された戦闘竜について、ですね」

リンガさんの話を一つ一つ整理しようと頭を働かせながら、耳を傾ける。

「それは人型にならない普通のドラゴンです」

「人型にならないドラゴンも存在するのですね」

「えぇ。帝国においてドラゴンとは、すなわち戦闘竜と呼ばれる普通の竜を指します。このドラゴンたちは始祖龍が誕生するより前から存在しています。帝国は元々竜の住処《すみか》だったのです。

……始祖龍とは、戦闘竜から生まれた伝説的な龍なのです」

リンガさんの話を真剣に聞いていたルイ様が、「なるほど」と呟いた。

「つまり、帝国の始まりである始祖龍とは、普通のドラゴンが何かしらの原因により、人型に変身することが可能になった特殊な龍だった、ということか」

「そうです。始祖龍は、全ての竜たちを従わせる王としての資質も持ち合わせました」

「だからこそ、皇族はドラゴンを従わせて戦に使ったのか」

ルイ様の言葉を肯定するように、リンガさんは神妙な面持ちで頷いた。

「全ての竜を従わせる力を持つとは恐ろしいものだな。戦闘竜という名で呼ぶのだから、そのドラゴンたちはよほど強いのだろうな」

「もちろんです。炎を口から吐き出し、人を乗せて天高く空を飛びます。炎の強さはひと吹きで民家2、3軒を燃やすほどの威力を持ちます。帝国が今ほど領地を広げられたのも、戦闘竜の強さがあってこそ」

――かつて数多の国が消されたように、デュトワ国にも当時の龍人の力を持つ皇帝がドラゴンを従わせて領土を奪いにきたとしたら……。いくら精霊の力を持っていたとしても、敵《かな》うはずがないだろう。

想像するだけで身震いをする私に、ルイ様は心配そうにこちらへ顔を向けた。その視線に、大丈夫だと答えるように私は笑みを作ると、ルイ様は再びリンガさんのほうへと視線を戻した。

「だが、その戦闘竜はとうの昔に絶滅した。従えるドラゴンもいなければ、皇族もまたドラゴンに変身する力を失った。……そういうことだよな」

リンガさんの話によれば、ドラゴンは遠い昔のお伽話。ルイ様が言葉にしたように、皇族の龍人としての力は失われているし、ドラゴン自体も今や存在しない。

だというのに、なぜこんなにもリンガさんは暗い表情をし、何かを恐れているように唇を噛んでいるのだろうか。

「はい、その通りです。ドラゴンという、どんな存在をも地に伏せさせる力を失ったトラティア帝国は、国内での後継者争いは依然激しいものの、かつてのように他国を一瞬で消し去るような、圧倒的脅威ではなくなったのです」

トラティア帝国周辺の大陸の東側の国にとっては、ドラゴンの力を失ってもなお、トラティア民の強さというものは恐れるに値するため、未だ警戒するべき国ではあるのだろう。だけど、大陸でも西側は別だ。デュトワ国もトラティア帝国からは遠く離れていることもあって、あまり気にするような国ではなかった。それよりも、もっと近くのオルタ国や、以前戦争をしていたような国々のほうを警戒していたほどだ。

「ですが……皇帝は違います」

「違う、とは？」

ルイ様の問いに、リンガさんは顔を上げた。その顔は先程までの暗い表情から、一層顔の色をなくしたものだった。普通であれば、リンガさんに大丈夫ですかと尋ねるところだが、今はそのような空気ではない。リンガさんから放たれるピリッとした空気に当てられたように、気軽に声をかけることができない。

「先祖返りの圧倒的な力をお持ちなのです」

リンガさんの静かで落ち着いた声が、いやに響いた。

隣からルイ様が息を呑む声が聞こえた。

「それは、本当の話か？」

「嘘は言いません」

顔面蒼白ながら、瞳は力強い輝きを持つリンガさんは、とても嘘を吐《つ》いているようには見えない。

ルイ様もまた同感だったようで、「そうか」と一言だけ返事をした。

「皇帝の強さ、カリスマ性に熱狂する民がいる一方、私は怖くなって帝国を逃げ出したのです。あの皇帝が治める世が、平和なはずがない、と」

「……なるほど」

ルイ様はそう返事をすると視線を外し、顎に手を当てて何かを考え込むように押し黙った。

春の穏やかな風が頬を掠《かす》め、青空の広がる優しい空間ながら、私たち３人を囲む空気はあまりに重いものだった。

◆◇◆◇◆

リンガさんが穏やかな笑みを浮かべながら、僅かに気まずそうに眉を下げ、「いつでもお呼びください」と言い残して帰っていったのは、今から1時間前のことだった。

その後、陽が傾き始め肌寒さを感じる時間になったため、私とルイ様は私の自室へと移動した。だが、ルイ様は先程リンガさんの話を聞いてから、ずっと難しい顔をしながら思考を巡らせていたようだった。

3人掛けのソファーに2人で並んで座っていると、クロが『ニャー』と鳴きながら、私たちの間に入ってきて寝そべった。私はクロの背を撫でながら、ぼんやりと先程の話を整理しようとリンガさんの話を思い出す。

けれど、どうしても気分が沈む。

ソファーの背もたれに体重をかけながら、ふうっと息を漏らす。すると、ルイ様はハッとするようにこちらを見た。

「ラシェル、すまない。随分と長い時間、考え事をしていたようだ」

「いえ、お気持ちは分かります。私も同じですから」

申し訳なさそうにこちらを気遣いシュンと落ち込むルイ様に、私は微笑みを向ける。すると、ルイ様は眉を寄せ、膝に置いた自身の組んだ手へと視線を下げた。

「ラシェル、先程の話をどう考える？」

ルイ様の問いに、私は左右に視線を動かして、しばらく考え込んだ。

リンガさんの話は、私にとって知らないことだらけで、今もちゃんと理解できているのか不明だった。ドラゴンたちの話や今の皇帝について、沢山のことを教えてくれたのに、整理がつかない。

同じ大陸とはいえ、同盟関係もなければ特に交流を持つこともなかった国だ。今回、ドラゴンが手元に現れることがなければ、自ら知ろうとしていたかも分からない。だけど……。

手元のバングルへと手を這わせる。金具と宝石の感触を感じながら、私はゆっくりと口を開く。

「……もしも皇帝に、私の持つバングルやあの白いドラゴンを知られたら、デュトワ国は戦という、巨大な渦の中心へ巻き込まれる可能性があります」

「あぁ、そうだな」

ルイ様もまた、一番危惧しているのはそのことだろう。

「絶滅したはずのドラゴンが存在しているのだから。トラティア帝国としては、そのドラゴンがどんな存在であろうと……たとえ、つい最近まで封印されていた存在であろうと、手に入れたいと考えるはずだ」

「……当初考えていた以上に、困ったことになりましたね」

「あぁ、どうしたものか」

このバングルを手にし、ドラゴンを初めて目にした時、私の中にあった感情は、驚きと興奮だけだった。幻の存在が目の前にあるのだと。

だが、ドラゴンの国である帝国という存在、そしてドラゴンという生き物の実態を、知れば知るほど恐ろしさを感じる。リンガさんの話によれば、ドラゴンがその気になれば、この屋敷さえも、ひと吹きで塵になってしまうという。

そんな存在が手元にある。そう感じると、先程から指で触れていたバングルが余計に冷たく恐怖の対象になる。

ルイ様はそんな私の変化に気がついてか、バングルに触れていた私の手をギュッと握りしめた。

「なぜ前闇の聖女は、ドラゴンを封印したのでしょうね」

「闇の聖女のバングルに関して新しく分かったことなど、イサーク殿下から、何か知らせはあったか？」

ルイ様の真っ直ぐこちらを見つめる瞳を受けながら、私は力なく首を左右に振った。

「いえ。イサーク殿下の集めた書物には、ドラゴンのことなど何も書かれていなかったと。もちろん、バングルの謎についても」

前闇の聖女は、なぜこのドラゴンを封印しようとしたのだろうか。数百年も前、何があったのか。それを知り得るのは、闇の精霊王ネル様だけなのかもしれない。

だけど、ネル様はドラゴンの気配に驚いていた。若い精霊王であるネル様は、前闇の精霊王の記憶を持つ目を引き継いだそうだが、聖女同様に精霊王も、ドラゴンのことについての記憶を隠していたのならば、前の聖女とドラゴンの関係性を知らないとしてもおかしくはない。

「知りたいのに、踏み込むのが怖い気もしますね」

「あぁ。眠りドラゴンか。……眺めている分には平和なのにな」

困ったように微笑むルイ様に、私は同じように眉を下げて笑みで返す。

すると、ルイ様はソファーにもたれながら天井へと顔を向けると、瞼《まぶた》を閉じて深いため息を吐いた。

「だが、こうなると、何とも難しい問題が発生してしまったようだ」

「難しい？　何かあったのですか？」

ルイ様は、私の問いに何かを悩むように視線を彷徨わせて、「うーん」と唸《うな》った。だが、じっとルイ様から視線を外さずに様子を見る私に観念したように、息を一つ吐くと姿勢を正して、こちらへ顔を向けた。

「留学生のことだ」

「留学生というと、トルソワ魔法学園のことですよね？」

トラティア帝国とドラゴンの話をしていたはずなのに、急にトルソワ魔法学園の留学生を迎える話へと変わったことに戸惑う私に、ルイ様は首を縦に頷いた。

――でも、今のタイミングで話をするということは、何か関係があるのかしら。

夢だったはずの教育の充実と、今の話は別問題と考えていた。だからこそ、ルイ様の難しい表情に、心拍が嫌に早まる。

「何か……問題が起きそうなのですか？」

「新学期から始まる中等部と高等部の留学生なのだが、8名の希望があった」

「想定していた人数ですね。ですが、なぜ難しいと？」

私としては、留学生を受け入れる話が上手《うま》くいきそうで、嬉しい話だった。だけど、ルイ様の様子を見るに、今から聞く話はあまりよくないことなのだと分かる。

沈黙をたっぷりと取ったあと、ルイ様の口がゆっくりと動いた。

「その8名中2名は、帝国の関係者だ。1人は……血に濡れた狂人の妹だ」

「トラティア皇帝の妹……？」

あまりに予想もしなかったルイ様の発言に、私は虚を突かれたように唖然《あぜん》とした。

「えっ、そんな！」

私の声は意図せず震えてしまった。

だが、それも仕方ないことだろう。何せ、先程まで帝国の脅威について聞いたあとだったのだから。ルイ様もそれを分かっていたからこそ、言い淀《よど》んだのだろう。

「もしかして、ドラゴンの話が既に伝わって？」

「いや、それはさすがにないと思いたい。……だが、このタイミングを考えると、全く否定することもできない」

――まさか、帝国がこんなにも早く動くとは……。もっと猶予《ゆうよ》があると思っていた。帝国やドラゴンの情報をもっと集めて、バングルや封印の謎に近づくための時間が。

だが、それをする時間はもはやないのかもしれない。

「そもそも帝国に留学生の情報が伝わっていること自体がおかしいんだ。近隣国でもなければ、同盟国でもない。どこから漏れたのか……」

「では、断るのですか？」

一縷《いちる》の望みをかけた私の問いは、ルイ様の一層刻まれた眉間の皺により、断たれたことを理解した。

「……いや、それは難しいだろう。帝国は我が国の何倍もの国力を持つ。皇族の受け入れを拒否して、火種になるのは避けたい」

「……困りましたね」

静かな部屋の中で、私のものかルイ様のものか、深いため息だけがいやに響いた。

2章　帝国からの留学生

「ここが……デュトワ国！」

大きな目をさらに広げて歓喜の声を上げた少女は、馬車から降りるや否や、はしゃいだようにキョロキョロと辺りを見回す。胸の前でキュッと手を組んだまま、その場でくるりとターンをすると、フリルがふんだんに使われた彼女のドレスのスカートがふわりと舞った。

私は、少女の前へと一歩出て、スカートの裾を摘《つま》みながら膝を折った。

「初めまして。ラシェル・マルセルです。皇女殿下がこの国に滞在中、何かご不便なことがありましたら、ぜひ何でもご相談ください」

ルイ様が帝国へ留学生の受け入れを正式に許可する連絡をすると、帝国からは待っていたと言わんばかりにすぐに連絡が返ってきた。

その連絡には、こちらの準備が済む最短の日程で帝国を発《た》つと書かれていた。

帝国はあくまでもこちらが上の立場だと、デュトワ国が断れない立場だと言外《げんがい》に圧力をかけているのだろう。あまりに傲慢で身勝手な振る舞いだ。それはまるで、こちらが念入りな準備をする暇を与えないようにしているようで、ますます不信感を覚えた。

本来であれば、王太子であるルイ様が、帝国からの留学生の到着を迎える予定であった。だが、なんと旅の日程が短縮できたからと、昨日急遽《きゅうきょ》予定の前日に到着すると連絡が来たのだった。そのため、ルイ様の代わりを私が務めることになった。

どこまでも翻弄《ほんろう》してくる帝国側のやり方に、馬車が目の前に到着し扉が開く瞬間まで、随分と緊張していた。

それが、馬車から飛び出してきた少女——帝国の皇女殿下のあまりにお転婆《てんば》な姿に、私は先程までの緊張が吹っ飛んだように、目を丸くしてしまった。

皇女殿下は中等部1年生に入る予定の12歳。……まだまだあどけない少女、といった印象だ。期待を滲《にじ》ませた輝く瞳で王宮をしばらく眺めた皇女殿下は、僅かに上気した頬を隠すことなくクルッとこちらを振り返った。高い位置で結んだオレンジ色のツインテールは、少女と同じようにくるりと弧を描いた。

そして、パチッと視線が合った瞬間、大きなピンク色の瞳がキッと吊り上がった。

「王太子殿下の婚約者のマルセル侯爵令嬢ですよね。私、あなたのことよーく知ってますから」

「えっ？」

「私があなたの化けの皮を剥《は》いであげますわ！」

私の顔目掛けてビシッと人差し指で指した皇女殿下は、まるで敵を目の前にしたように愛らしい顔を歪めて、口をへの字にした。

「化けの……皮？」

皇女殿下の言葉を復唱するが、いまいち何を言われたのかピンとこず、呆気《あっけ》に取られてしまう。

すると、皇女殿下は腕を組みながらフンッと顔を背《そむ》けた。その様子は、とても子供っぽく、怒りよりも驚きで言葉を失ってしまう。

「こらこら、あまり失礼なことを言ってはダメだよ。この方は、妃になる方なのだから」

後ろから聞こえてきた、甘く柔らかなテノールの声に振り返る。すると、皇女殿下が出てきた馬車から、もう1人の人物が悠然とした姿で降りてくるのが見える。

少年……いや、青年だろう。その人は、コツコツとゆっくり靴の音を鳴らしながら、こちらに近づいてきた。

その人物をよくよく観察すると、彼は私よりも頭一つ高い位置に視線があった。

「マルセル侯爵令嬢、わざわざお出迎えいただきありがとうございます。トラティア帝国よりお世話になります、リュート・カルリアです。マーガレット皇女殿下とは従兄妹になります」

リュート・カルリア様。柔らかいカールをしたミルクティーベージュの髪を揺らしながら、一見冷たく見えるグレーの瞳を柔らかく細めた。

彼は前皇帝の弟である大公殿下のご子息だ。高等部の2年生に入る予定であるため、今は16

歳のはず。けれど、落ち着いた雰囲気が、実年齢よりも年上に感じさせる。

「カルリア公子、ようこそデュトワ国にお越しくださいました」

「公子だなんて堅苦しいですね。気軽にリュートとお呼びください」

「では、リュート様。……私のこともラシェルと」

呼び名を変えたことは、彼にとって満足だったようで、リュート様は笑みを深めた。

テオドール様とはまた違った、どこか神秘的な冷たさを感じさせる美しさを持つリュート様は、その場にただ立っているだけで、まるで一枚の絵画のようだ。

見惚《みと》れている侍女《じじょ》たちも多いようで、あちらこちらから感嘆の声が漏れている。

——彼が女性であれば、きっと傾国の美女と呼ばれていたのでしょうね。いえ、男性だとしても傾国の美しさだわ。何より、あのグレーの瞳は、人の心を惑わす怪しさと魅力を感じさせる。

そんなことを考えながらリュート様へ微笑みを返す。

次の瞬間、そんな私とリュート様の視線の間に割り込むように、マーガレット皇女殿下が私の目の前に現れた。

「あの、皇女殿下……？」

彼女は先程同様、下から私をキッと強く睨《にら》みつけた。

だが、私の胸元ほどの身長しかない皇女殿下が睨みつけたところで、凄みのようなものは一

切ない。それどころか、シャーシャーと爪を剥《む》き出しにして威嚇《いかく》する子猫のようで、契約したばかりのクロを思い出し、可愛らしささえ感じさせる。

それでも、ここで皇女殿下に対して可愛らしいと微笑んでしまうと、さらに機嫌を損ねるかもしれないと、グッと我慢する。

すると、皇女殿下の肩をリュート様がポンッと軽く叩《たた》いた。

「こら、マーガレット。ラシェル様が困っているだろう」

「だって！　リュートお兄様」

「君が無理を言って留学したいと駄々を捏《こ》ねたんだろう？　ちゃんと礼儀をわきまえて接しなさい」

従兄妹というより、まるで本当の兄妹のような様子に、彼らが随分と親しいことが伝わってくる。

リュート様に窘《たしな》められた皇女殿下は、まだ納得できないと言いたいように、「だって」「でも」と言葉を繋いでいる。だが、そんな皇女の様子に、リュート様は深いため息を吐くと、彼女の耳元に顔を寄せた。

「お前の予知のことは分かっているが、ちゃんと皇女としての振る舞いをしなさい。でないと、君の様子を皇帝陛下に連絡することになってしまうよ」

「そ、それだけは止めて！」

「だったら、自分がどうすればいいのか分かるだろう？」

——今……何て？

リュート様が皇女殿下に小声で話したことは、残念ながら私の耳では全てを聞き取ることはできなかった。それでも、微《かす》かに聞こえた声に、「予知」という言葉がなかっただろうか。

それに、リュート様が皇帝陛下の名を出した瞬間、皇女殿下は一瞬のうちに顔面を蒼白にし、見ていて可哀想《かわいそう》になるほど肩を震わせた。

そんな皇女殿下の変化を分かっていてなお、リュート様は平然とした様子でにこやかに微笑みながら眉を下げた。

「ラシェル様、申し訳ありません。……ほら、マーガレット」

「……うっ」

先程までのお転婆な姿を一切消した皇女殿下は、口元に当ててた手を振るわせながら、身を縮み込ませ、微かに唸り声を上げげた。

「ラシェル……様、失礼な態度をとって……申し訳ありません」

「いえ、お気になさらず」

皇女殿下とリュート様、そして顔も知らないトラティア帝国の玉座に座る皇帝陛下。彼らの力関係がどのようなものかは私には分からない。

けれど、あんなにも強気で一見世間知らずにも見えるマーガレット皇女が、皇帝の名を聞いただけで震え上がった。そして、人のよさそうなリュート様の冷たい目元。

――彼らには、何かしらの裏を感じる。

特に、リュート様の精巧な人形のような、ガラス玉を嵌《は》め込んだような瞳。それは何でも見透かされそうな怖さがある。おそらく、この2人のうち、最も警戒しなければいけないのはリュート様のほうなのだろう。

身震いしそうになる体を何とか制しながら、私は微笑みを貼りつけた。

「長旅でお疲れでしょう。今日はゆっくり休んでください。明日以降、王宮や王都周辺、もちろんトルソワ魔法学園も案内しますので」

「では、お言葉に甘えて、今日はこれで休ませていただきます。お気遣いどうもありがとうございます」

「いえ。では、私もこれで下がらせていただきます」

私が周囲へ目配せをすると、後ろに控えていた王宮の侍従や侍女が客人を案内するために、前へと出た。リュート様は彼らに対しても、偉ぶる様子もなく礼儀正しく接している。

荷物を持とうとする侍従にさえ、笑みを向けて一人一人へと声をかけている。それに対して、侍従たちも驚いたように瞠目《どうもく》したが、すぐに嬉しそうに笑みを返している。

――凄い。……彼は人の心を掴むのが上手いのかもしれない。

私に背を向けて侍従のあとをついていこうとしたリュート様は、一瞬足を止めると、こちらを振り返った。

「ではラシェル様、これからどうぞよろしくお願いします」

まるで暖かい陽だまりの中にいるように、私に対して柔らかい笑みを浮かべながら、そう一言告げた。そしてまた、足を進めて去っていった。

彼らが立ち去ったのを確認してから、私はほっと息をついた。

――ほんの数分の出迎えだったというのに、どっと疲れてしまったわ。

まるで、檻《おり》の中にいる熊と何時間も対峙したような、妙な緊張感だった。襲いかかるはずがないと分かっていてなお、恐怖を感じさせる。

あれが、帝国からの客人か。これからのことを考えると、それだけで憂鬱《ゆううつ》になってしまう。

私は長袖の服の上からバングルをそっと触った。いつの間にか、不安な時にこのバングルを触るのが癖になってしまっている。

さて、私もここから移動しよう。そう思い踵《きびす》を返したその時。後ろからこちらに駆け寄ってくる足音が聞こえた。

不思議に思いながら振り返ると、そこにはカールの巻かれたツインテールを揺らしながら、こちらに駆け寄ってくるマーガレット皇女の姿があった。

「えっ、なぜ……」

皇女殿下は、慌てたように追ってくる侍女に対して「そこで待っていなさい」と大きな声で伝えると、真っ直ぐに私の目の前までやってきた。驚く私などお構いなしに、皇女は大きな目でじっとこちらを見た。

「一つ、大事なことを聞き忘れました」

「大事なこと、ですか？　何でしょう」

「その……だから……」

「えっ？」

皇女殿下は気まずそうに視線を逸《そ》らせながらモゴモゴと呟く。聞き取りにくさに、私は皇女殿下の目線に合わせて若干膝を折った。

すると、皇女殿下は意を決したように、顔を上げた。その顔はどこか緊張しているようで、先程まで敵意剥き出しの子猫のようだった少女とは別人のようだった。

「だ、だから！　アンナ・キャロルは？　光の聖女って、この国にいますよね？」

「え、えぇ」

彼女の勢いに押されるように頷く私だったが、皇女殿下はその返答を聞くと、パァッと明るい表情をした。

「そ、そう。……いるのね。本当に」

「お会いしたいのですか？」

「あ、会いたい！　いつ光の聖女と会えますか？」

目をキラキラさせて何度も首を縦に振る皇女殿下に、私は思わずクスッと笑みを漏らす。

——光の聖女の噂は、トラティア帝国にまで届いているのかしら。よほど憧れているようね。

こんなにも目を輝かせて……。

「確か、今は地方の教会を回っているかと思います。おそらく王都に戻ってくるまで、1カ月ほどはかかるかもしれません」

「1カ月後……。そう」

アンナさんが王都へ戻ってくる時期を告げると、皇女殿下はがっかりと肩を落とした。

「アンナさんが王都に戻ってきたら、ご紹介しましょうか？」

「会えるの？」

「えぇ。アンナさんには手紙で伝えておきますね」

「……そ、そう。待っていれば、そのうち会えるのね」

皇女殿下は、何かを噛み締めるように、胸元に置いた手をギュッと握った。だが、ハッとしたように顔を上げた皇女殿下は、私と目が合うと、若干居心地悪そうに唇を噛み締めた。

「それならいいんです。要件はそれだけ！」

「あの、皇女殿下？」

「そ、それじゃ」

まるで嵐のような勢いで、元来た道を戻っていく皇女殿下の姿を、私は見送るしかなかった。

彼女は侍女の元へ駆け寄ると、チラッとこちらを振り返った。どこか気まずそうで恥ずかしそうな視線と合うと、途端に彼女は驚いたようにビクッと肩を揺らせて、フンと顔を背けた。

そして、今度は澄ました顔をしながらゆったりとした歩幅で、道を進んでいった。

「……えっ、一体何だったの？」

大きな波に襲われたあと、ようやく浜辺に辿り着いたような、何とも言えない脱力感が襲う。

私はしばらくそのまま立ち竦《すく》むように、その場に留まった。

◆◇◆◇◆

数日後、私はマーガレット皇女殿下とリュート様と一緒に馬車に乗っていた。

「まだ着きませんの？」

「えぇ、もうすぐ着きますから」

「マーガレット、少しは我慢しなさい。君は落ち着きがなさすぎるよ」

馬車の座席から身を乗り出し、窓から辺りをキョロキョロと眺める皇女殿下は、落ち着きがない様子だった。それをリュート様が諫《いさ》めると、皇女殿下は大人しく座席に座り直した。だが、数分もすると、またソワソワとし始めた。

リュート様は、深いため息を吐きながら呆《あき》れたように皇女殿下を一瞥《いちべつ》した。

「だって、ずっと楽しみにしていたのですもの！」

「それは分かるけど、数分置きに、まだか、まだ着かないのか、と聞かれるラシェル様の立場にもなってごらん」

「あら。ラシェル様が、私のことを面倒くさいと思っていると？」

皇女殿下はいかにも心外だと言わんばかりにむくれると、私をキッと睨みつけた。

「そ、そのようなことはありませんよ。ほら、そろそろ門が見えてきますよ」

必死に首を横に振る私に、皇女殿下は未だ気分を害したように唇を尖《とが》らせた。だが、トルソワ魔法学園が見えてきたという言葉に、先程までの機嫌などどこに行ったのか。キラキラと輝く瞳で、窓の外を見つめた。

◆◇◆◇◆

つい先日まで、生徒として通っていたのだから、懐《なつ》かしさを感じるにはまだまだ日が浅い。けれど、卒業した時には、こんなにも早く、またこの門をくぐることになるとは思いもしなかった。

不思議な思いで校舎を見つめていると、その隣で今にも駆け出してしまいそうな少女が目に入る。

「ここが……ここが本物のトルソワ魔法学園！」

「マーガレット」

リュート様も皇女殿下が、すぐに迷子になってしまうのではないかと危惧していたのか、走り出しそうになる皇女殿下の名を呼ぶことで立ち止まらせていた。

皇女殿下はバツの悪い顔で「うっ」と唸ったあと、一歩後ろへと下がった。

「マーガレットがわがままばかり言って困らせて申し訳ありません。今日も無理を言って転入の手続きにつき合っていただき、ありがとうございます。本当はご予定があったのでしょう？」

皇女殿下に振り回されるリュート様が、申し訳なさそうに眉を下げた。

「元々学園に用事があったので、ちょうどよかったです。ですから、お気になさらず」

「そう言っていただけると助かります」

本来であれば転入手続きも、書類を私が預かって提出すれば事足りた。だが、学園に通うのを心待ちにしていた皇女殿下が、どうしても早く見に行きたいとリュート様を困らせていたようだった。

リュート様から相談された私は、試験クラスや留学生受け入れの最終調整で、ちょうど学園へ行く用事があった。そのため、案内するぐらいであればできると告げたのだった。

——それでも、マーガレット皇女殿下がトルソワ魔法学園に来ることを、こんなにも楽しみにしていたなんて……。

トラティア帝国の皇女だ。おそらく帝国には優秀な教師がたくさんおり、教育施設も充実しているのではないか。だというのに、こんなにも遠く離れた国の学園に通いたいと心から思っているなんて。

この2人にとって留学というのは、ただ体のいい言い訳のようなものだと考えていた。私が封印を解いたドラゴンを調べるための。

だけど、皇女殿下の様子を見ると、この2人の留学の目的が本当にドラゴンなのかも分からない。というのも、初対面と合わせて二度会う機会があったというのに、バングルについてもドラゴンについても、一切話題にしてこないのだから。

――とはいえ、今は向こうも観察しているのかもしれないわね。油断しないように注意しないと。

そう心を新たにしていた時、袖元をクイッと何かに引っ張られた。

不思議に思いながら引っ張られた方へと顔を向けると、ワクワクが抑えきれない様子の皇女殿下の視線とぶつかった。

「どうかされました？」

「まだ行かないのですか？」

「そうですね。では、行きましょうか。まずは校内の案内をしていきますね。見たいものや行きたい場所があれば、遠慮なく仰ってくださいね」

皇女殿下はパァッと表情を明るくすると、人差し指を顎にあて、考える素振りを見せた。

「あっ！　じゃあ、私は薔薇園と図書館に行きたい！　あと、アリーナも見てみたいわ」

「ふふっ、では一つずつ案内していきますね。校内を回ったあと、最後に転入手続きのために職員室に行きましょう」

よほど楽しみなのだろう。私に対してキツい態度をとることを忘れ、初めて私に向けて嬉しそうににっこりと笑う皇女殿下を見た。その笑顔はとても愛らしく、思わず頬が緩んでしまう。

そんな私の表情を見た皇女殿下は、驚いたように顔を歪めたあと、ギュッと眉間に皺を寄せて笑みを消して、口をへの字に曲げてしまった。

――まるで逆毛を立てる猫みたいね。

ふとクロを思い出しながら微笑ましく皇女殿下を見つめていると、皇女殿下は不審そうにこちらを眺めながら、リュート様の後ろに隠れてしまった。

「リュートお兄様、ほら早く行きましょ！」

「……はいはい」

リュート様は深いため息を吐き、こちらを気遣うように眉を下げた。

◆◇◆◇◆

皇女殿下の希望通り、庭園やアリーナ、食堂など校内をくまなく回った私たちは、カフェテリアにやってきた。今は春休み中であるため、カフェ自体はお休みだ。

それでも皇女殿下は嬉しそうに「ここのテーブルからの景色！」と不思議なポイントで感動したのか、ニコニコしながら椅子に座っている。

そんな皇女殿下の様子を入り口近くで私とリュート様は立ちながら見守っていた。

「マーガレット皇女殿下は、随分明るく元気な方ですね」

「……ああ見えて、幼い頃から体が弱くて、数年前には風邪《かぜ》を拗《こじ》らせて命を落としかけたこともあったのです」

「まぁ、そうだったのですか」

「もうダメかと誰もが諦めたのですが、何とか持ち堪《こた》えて奇跡的に回復しました。それからは、今まで体が弱かったのが嘘みたいに元気になって。……それまでの反動なのか、元気になりすぎたようです。皇女としてはかなり変わった性格になってしまって、困っているのですが」

「ふふっ、皇女殿下は明るくて可愛らしい方です」

「そう言っていただけるのはありがたいのですが……。ラシェル様には強く当たってしまい申し訳ありません」

目線を下げて謝罪の言葉を告げるリュート様に、私は頬に手を当ててしばし考え込んだ。

——今、聞いてみてもいいのかもしれない。

リュート様もずっと気にしていたようだけど、私もずっと考えていたことがあった。

「実は……気になっていたのです。私、何か気に触ることをしてしまったのではないかと」

皇女殿下は、デュトワ国の人間の誰にも横柄な態度をとるわけではない。なぜか、私だけにあのような態度をとる。何より、初対面で言われた「化けの皮」、とはどういう意味なのだろうか。

「まさか。そのようなことはありません。ただ、マーガレットはまだまだ子供っぽい子で、物語と現実の境が分かっていないところがあるのです」

「物語と現実？　それはどういう……」

「あまり気にしないでください。マーガレットの態度は、改めるように僕がよく言って聞かせますから」

意味を聞き出そうとした私を止めるように、リュート様は私の言葉を遮った。低姿勢なリュート様の態度に、私はそれ以上、聞き出すことはできなかった。

◆◇◆◇◆

普段は賑《にぎ》わっている図書室も、今日は私以外に誰もいない。

職員室へとリュート様とマーガレット皇女殿下をお連れしたのち、待ち構えていた学園長にあとの手続きは任せた。手続きが終わるまでの時間、私は帝国に関しての書物が少しでもないかと図書館に来て、関連する本を読み漁《あさ》っていた。

ガタッと隣の席を引く音に、驚いて顔を上げた。

「よっ、ラシェル嬢」

「テオドール様！　なぜ、ここに？」

片手を上げながら、私の座る席の真横に腰掛けたのは、テオドール様だった。

「もちろん、君がじゃじゃ馬姫に困らされているようだから、様子を見に」

「……それってマーガレット皇女殿下のことですか？　聞かれでもしたら問題になりますよ」

辺りを見回しながら人の気配がないことを確認しつつも、小声で注意する。すると、テオドール様はおかしそうにクックッと笑みを漏らす。

「ラシェル嬢は心配性だなー。大丈夫大丈夫。だって彼らはまだ職員室だろう？　しばらく帰ってこないよ」

もちろん、ここでなぜそれを知っているのか、なんてことはもはや聞かない。テオドール様だからこそ、知り得る。ということで、納得しておく。

テオドール様は、私の前に積み上がった本を数冊手に取ると、パラパラと捲《めく》りながら「大したこと書いてないな」なんて呟いた。

「で？　随分と振り回されているようだけど、ラシェル嬢のほうは大丈夫？」

「ルイ様から聞いたのですか？」

「まぁね。今日も一緒に来たがっていたのに、シリルに仕事が溜まっているからと止められたらしいじゃん」

――なるほど。なぜテオドール様が今日学園まで来たのか理由が分かった。おそらくテオドール様は、ここに来る前にルイ様の元を訪ねたのだろう。そして、私が今日帝国からのお客様2人を連れて学園に行っていることを知った。

「それで来てくれたのですね。……テオドール様、ありがとうございます」

少し分かりづらい性格をしているこの偉大な魔術師様は、こう見えてとてもとても優しい方だ。本人に言えば、茶化すか否定するだろうけど。

今も感謝の言葉を告げる私に、美しいお顔でニヤッと口角を上げながら目元を細めた。

「何、あまりに俺がカッコよすぎて惚れちゃった？」

「……惚れてません」

「なーんだ。せっかくルイをからかうネタになるかと思ったのに」

いつものように冗談めかしたテオドール様に、私も軽口で返す。すると、テオドール様は楽しそうに声を出して笑った。

だが、すぐに笑みを消したテオドール様は、私の服に隠されたバングルへと視線を向ける。

「今のところ、バレてはいないんだろ？」

「……はい」

一応肯定を表すために頷いたものの、実際のところどうなのかは分からない。皇女殿下の様子を見る限りバレてはいないと思う。だけど、リュート様は全く読めない。紳士的で接しやすい微笑みを浮かべる方ではあると思う。けれど、本音の部分が一切見えてこない。

私の曖昧《あいまい》な態度に、テオドール様は思うところがあったのか、険しい視線を寄越した。だが、すぐに大袈裟《おおげさ》にため息を吐きながら、テーブルに肘をついた。

「それにしても、謎が多すぎるんだよなー。俺も、オルタ国のイサーク殿下も、かなり探ってみてはいるんだけどさ。ほんっとお手上げ」

「私もイサーク殿下に聞きましたが、オルタ国でもドラゴンを封印した記述は見つからなかったようですね」

「あぁ。しかもイサーク殿下が言うには、前闇の聖女の肖像画の中で、バングルをしていたのは、あの神殿に飾られていた絵だけだったそうだ」

「では、前闇の聖女は普段はバングルをしていなかった可能性がある……ということでしょうか」

「そうかもな。というか、バングルごとドラゴンを絵画に封印した、というほうが考えられるな」

前闇の聖女とは、どれほどの力を持つ人物だったのだろうか。私が知る彼女は、神殿で見た凛《りん》とした姿の美しい女性ということだけ。

それでも、同じ闇の聖女としての力量の差が明らかになるようで、自分自身に憤りを感じる。

「そのようなこと、魔術で可能なのですか？」

「……もしかすると、今は失われし過去の魔術かもしれない。禁術《きんじゅつ》と呼ばれるような」

禁術という言葉にドキッとする。危険度の高い魔術であり、法律により禁止されている魔術。以前、聖教会の神官がクロに対して精霊殺しの禁術を使用しようとして逮捕された事件もあった。

「禁術……」

「何せ古代文字で刻まれていたのだからな」

古代文字はとうの昔に廃《すた》れた文字だ。古代文字を学ぶだけでも難しいというのに、今は失われた古代文字を使用した魔術など、文献が残っているかどうかも微妙だ。

千年以上前、魔術は口頭で代々伝えられてきた。そのため、古代文字を使用した魔術の記載はそれだけ貴重ということになる。

「本当にそのような魔術があるのか、調べるなんて、できたりとか……しますか？」

テオドール様を窺《うかが》うようにチラッと見遣《みや》る。すると、テオドール様は驚いたように目を丸くしたのち、プッと笑みを漏らした。

「ラシェル嬢、だんだんルイに似てきてない？」

「えっ？」

「俺だったら何でもできるだろうとか思ってるだろ」

「そ、そんなことは。ですが、テオドール様であれば、できないことを可能にすることもあるのかなって」

テオドール様は口調こそ気怠《けだる》そうだが、目元は柔らかく細め、仕方がないと言わんばかりに眉を下げた。

「はいはい。そんな目で見られたら断れないじゃん」

「それじゃあ！」

「大丈夫、ラシェル嬢から言われる前に、どうせルイから頼まれると思ってたから、もう調べ始めてるよ。何か分かったらすぐに教えるから」

「テオドール様、いつもありがとうございます」

「とんでもない。お姫様のご希望に添えるように善処しますよ」

恭《うやうや》しく胸に手を当てるテオドール様は、茶目っ気たっぷりにニヤリと笑みを浮かべた。そんなテオドール様に、私は思わず、ふふっと笑みを漏らした。

だが、そんな穏やかな時間は、突然の来訪者により幕を閉じた。

「テオドール・カミュ？」

可愛らしい少女の驚いた声に、私とテオドール様は顔を見合わせたあと、図書館の入り口へと顔を向けた。

そこには、転入の手続きが終わったのだろう。マーガレット皇女殿下とリュート様の姿があった。

「これはこれは。初対面かと思いますが、俺のことをご存知で？」

「も、もちろんです！　私、あなたのこと、ずっとずっと前から知ってます！」

テオドール様は、先程までの気安い雰囲気を消し、サッと席から立つと、2人に向かってお辞儀をした。すると、そんなテオドール様の様子に感激したように、皇女殿下が足早にこちらまで駆け寄った。

――前から知っている？　テオドール様のことを？

皇女殿下の言葉に、テオドール様も不思議に思ったのだろう。一瞬、眉をピクリと動かしたあと、綺麗な微笑みを浮かべて、一歩皇女殿下の近くに寄った。

「へぇ、それは興味深いですね」

見るもの全てを魅了するような微笑みをテオドール様から向けられた皇女殿下は、耳まで真っ赤にしながらワタワタと慌てた様子を見せた。

「マーガレット！」

皇女殿下が口を開く直前に、強い口調で止めたのはリュート様だった。

「やめなさい」

リュート様は皇女殿下の肩に手を置くと、優しく微笑みながらも、有無を言わさぬ物言いをした。そんなリュート様の言動に、皇女殿下もハッと口を噤《つぐ》んだ。

そんな2人の様子に、当てが外れたとでも言いたげに面白くなさそうなのはテオドール様だった。テオドール様は目を細めて優雅に笑みを浮かべながらも、内心舌打ちしているであろうことが見て取れ、こちらが気まずく感じてしまう。

「失礼しました。私はトラティア帝国から参りましたリュート・カルリア。こちらはマーガレット皇女です。お会いできて光栄です。フリオン子爵」

「驚きました。トラティア帝国からお越しの方々が、まさか王族でもないただの魔術師の名を知っているとは」

「デュトワ国に来ることになって、この国を知ろうとすると、必ずあなたの名前が挙がるものですから。私たち帝国の者には、精霊やこの国の魔術を扱うことはできません。だからこそとても興味深いのです」

やはり、リュート様は一筋縄ではいかないようだ。嘘か本当かは分からないが、警戒心を抱かないような対応が上手い。今の返答で、テオドール様はこれ以上、追及するのが困難になってしまった。

それが分かっているであろうテオドール様は、「そうですか」と納得したように頷いてみせた。

「ですが、帝国にも魔術はあるのでは？」

「もちろん。ただ、私たちには精霊の力はありませんから。今度、ぜひ私にも精霊についてご教授ください」

「あなた方の魔術を見せていただけるのであれば、喜んで」

テオドール様も帝国の魔術について興味があるのだろう。ニヤッと笑いながら、目の奥が輝いた。

――帝国の魔術か。私が知るのは、デュトワ国とオルタ国の魔術。どちらも精霊の力を利用するもの。それが当たり前で、それ以外の方法なんて考えたこともなかった。

だけど、国が違えば魔術も違う。どのような魔術があるのだろうか……。

「よければ、ラシェル様もご一緒に」

「ありがとうございます。ぜひ」

テオドール様とリュート様の会話に興味津々《しんしん》だった私に気づいたリュート様が、私をチラッと見てクスッと笑みを漏らした。

油断は禁物だと肝に銘じていたというのに、帝国の魔術への興味を隠せなかったことに気づかれてしまったようだ。私は思わず赤面しながら、頷いた。

「それじゃあ、俺はそろそろ行こうかな。ラシェル嬢、またな」

「はい。テオドール様、ありがとうございます」

テオドール様は、ローブを翻《ひるがえ》してその場をあとにしようと踵を返す。すると、皇女殿下は分かりやすくがっかりしたようで、肩を落とした。

「もう行ってしまうのですか？　私、あなたに会いたかったのに」

「……また改めて。次はもっと時間をかけてお話ししましょう」

「は、はい！　ぜひ！」

いつものお転婆な皇女殿下の姿は、テオドール様の前ではすっかり鳴りを潜《ひそ》め、コクコクと何回も頷いた。そして、ぽうっと熱に浮かされた表情のままテオドール様が去っていくのを見送っていた。

そしてテオドール様が図書室を出て、姿が見えなくなると、胸の前で手を組みながら、ほうっと息を吐いた。

「はぁぁ、カッコいい！　本物のテオドール様……眩《まぱゆ》さが違うわ！」

まるで物語の登場人物が目の前に現れたかのように、夢見心地な皇女殿下の姿に、私とリュート様は苦笑しながら顔を見合わせることしかできなかった。

◆◇◆◇◆

その日、ルイ様にようやく会えたのは、陽が沈みかけ、オレンジの空を群青《ぐんじょう》色が覆い尽くす頃だった。

ルイ様の自室で待つように言われていた私は、ルイ様が戻ってくるまでトルソワ魔法学園の新学期に向けた資料作りに勤《いそ》しんでいた。時間も忘れ集中していた私は、ドアが開く音にさえ気づかず、近づいてくる靴音にようやく顔を上げたのだった。

「邪魔しちゃったかな？」

「いえ、ちょうどキリのいいところまでまとめたところです」

「そう、よかった。部屋に食事を準備するように手配したけど、ディナーを一緒にどうかな？」

「もちろんです」

机の上に広げた書類を片づけながら微笑む私に、ルイ様は嬉しそうに頷いた。

テーブルに並べられたパンやグリルされた野菜、そしてよく煮込まれたビーフシチューは、スプーンを入れただけで、肉がほろほろとほどける。

焼きたての温かいパンを一口大にちぎり、口元へと運ぶ。すると、ほのかに甘くふんわりとした柔らかさに頬が緩む。

顔を上げると、赤ワインの入ったワイングラスを片手に、微笑みながらこちらを眺めるルイ様の視線と合った。

「口に合ったようでよかった」

「……とっても美味《おい》しいです。王宮の料理人の腕は確かですね」

「あぁ。ラシェルももうすぐここで暮らすのだから、毎日美味しいものを食べてほしいからね。サミュエルの料理がいいというのであれば、王宮に戻してもいい」

「サミュエルは元々、王宮料理人でしたものね。食が細かった頃、ルイ様が心配してサミュエルを我が家に派遣してくださったのですもの」

親しみやすいサミュエルは、どの環境であっても上手くやっていけるだろう。何より、本人は料理人という仕事に誇りを持っているので、職場によって態度や料理を変えることはない。王宮や貴族の屋敷だろうと市井《しせい》の食堂だろうと、彼はきっと同じように真心を込めて料理を作るだろう。

サミュエル本人は、将来的には旅をしながら各地の料理を学んでいきたいという夢もあるらしい。

「でも、私は自分が住まいを変えるからといって、サミュエルまで変わる必要はないと思っています。本人が王宮に戻りたいというのであれば、王宮に。マルセルの屋敷がよければ、そのまま侯爵邸で働いてもらえればと思います」

「……そうか」

「サミュエルは私に食事の楽しさを教えてくれた恩人でもありますから、本人の自由にしてほしいのです」

「では、その辺りはサミュエルに任せるとしよう」

ルイ様は、私の返答に納得したように微笑みながら頷いた。そんなルイ様を見ていると、思わず不意に笑みが溢《あふ》れる。

「ん？　どうかしたか？」

「いえ……何というか、ルイ様が、私と結婚したあとのことを当たり前のように想像してくれているのが、とても嬉しくて」

ルイ様はビーフシチューをスプーンで掬《すく》っていた手を止め、不思議そうに首を傾げた。

「ラシェルは考えない？　私と結婚したあとの生活を」

「考えないことはないのですが……何だかまだ夢のようで。現実感がないというか」

「……そうか、現実感がないか。それは困ったな」

視線を下に落としたルイ様は、難題に直面したかのように、深刻そうに眉を寄せた。

「いえ、悪い意味で言ったのではありません。ルイ様との結婚が夢のようだからこそ、まだ思い描けないというか……」

これは私の性格によるものだと思うが、幸せだからこそ、最悪を思い描いてしまう。もしかすると、この幸せがいつか壊れてなくなるのではないかという恐怖だ。

だからこそ、今の幸せを感じるために、あえて未来を当たり前のように考えすぎないようにしている。自分が当たり前に王太子妃になるのだと驕《おご》らないためにも。

だけど、それが逆にルイ様には、結婚生活が楽しみではない、と受け取られる可能性があったのかもしれない。

「ラシェル、君を不安にさせてしまって申し訳ない」

「不安だなんて……」

「いや。逆に今、ラシェルの気持ちを聞けてよかったんだ」

青褪《あおざ》める私を安心させるように、ルイ様は眉を下げながら優しく微笑んだ。

「ちょうど、考えていたことがあったんだ。侯爵に絶対ダメだと止められていたから、渋々諦めていたのだけど。……でも、ラシェル自らが希望してくれるのなら、侯爵も前向きに検討してくれると思うんだ」

「父が何かご無礼を？」

父とルイ様の間で、知らない間にどんなやり取りがあったのか。首を傾げる私に、ルイ様は首を横に振った。

「違うんだ。私が無理を言って、結婚準備のために数日から数週間、王宮で暮らすのはどうかと提案していたんだ。ちょうどドレスも仕上げにかかっているし、王太子妃の部屋の内装を決めたり、結婚式の準備でラシェルが王宮に来る機会が増えるだろうから」

「あっ、そうですよね。ドレスの手配も全てルイ様に任せてしまって……」

結婚式は今から半年後の秋に執り行う予定になっている。来客のリストアップやパーティーの細かな準備は既に進めていたが、最近はトルソワ魔法学園の件にかかりっきりになってしまっている。

私が中等部や留学生の件に集中している間、多忙なルイ様が私の代わりに結婚式の準備を引き受けてくれているのだろう。

「ルイ様もお忙しいのに申し訳ありません」

「いや、結婚式の準備は仕事の気分転換になるし、ラシェルのドレスのデザインに自分が関われるなんて、光栄でしかないよ」

「私の希望も沢山聞き入れてくださっていますし、それに私がルイ様に決めていただきたかったのですもの」

「ラシェル……」

王太子の結婚式というのは、政治的にかなり重要なものだ。自国だけでなく各国の王侯貴族を招き、デュトワ国がこれからも安泰だとアピールしなければならないからだ。

長年の慣《なら》わしに沿った形式が必要だし、自分たちの自由にはなかなかできない。それでも、ルイ様は私との結婚式を政治的な行事としてだけでなく、大事な思い出として大切にしてくれている。それが伝わるからこそ、なおさら嬉しい。

胸の奥に蝋燭《ろうそく》の火が灯るように、じんわりと熱が伝わる。この気持ちをルイ様に伝えたいのに、気持ちがいっぱいでなかなか言葉にできない。だからこそ、私はルイ様に伝わるように、精一杯笑みを向けた。

あえて言葉にせずとも、私の気持ちはルイ様に伝わったようだ。

ルイ様は、嬉しそうに目を細めて微笑んだ。

「君さえよければ、新生活準備のための王宮滞在について、前向きに検討してほしい」

「えぇ、そうですね」

「それにほら、オルタ国ではすぐに会える距離だっただろう？　国に戻ってからなかなか会えなくなってしまったから。……正直言うと、私がラシェルに会えなくて寂しいんだ」

視線を逸らし頬を掻《か》きながら、ほんのりと頬を赤らめるルイ様の言葉に、私は胸をキュッと掴まれる感覚がした。そんなことを言われてしまったら、否とは言えない。

それに、私もルイ様と同じ気持ちだったのだから。オルタ国では楽しいばかりではなかったが、滞在した期間の短くない時間、ずっとルイ様と一緒にいられたことは、間違いなく至福だった。

「ルイ様……私も、同じ気持ちです。お父様への説得は私にお任せください。きっと、いいと言ってくれるはずです」

両手を握りしめながら言う私に、ルイ様は嬉しそうに微笑んだ。


食後の紅茶を飲みながら、私はルイ様に、気になったことを相談することにした。

「皇女との関係性がよくない？」

「……私に思い当たる節はないのですが、好かれてはいないようです」

「皇女に会うのは今日で2回目だったのだろう？」

「はい。リュート様にも聞いてみたのですが、はぐらかされてしまって。やはり、今後のことを考えると、良好な関係を築けていければと思うのです」

子猫のような皇女殿下は、とても可愛らしい。皇女としてはまだまだ幼さが目立ち、立ち回りは上手くはないだろう。いつか大きな失敗をしそうで、危なっかしさがある。そんな不器用そうなところが、手を貸してあげたくなると思ってしまうせいなのだろうか。

「今日はトルソワ魔法学園を案内してくれていたのだったな」

「はい。皇女様はいたく感動したように、終始楽しそうに過ごしておられました。……でも、少し気になることがあって」

「気になること？」

ルイ様はカップを持ち上げた手を止め、一度テーブルへと置いた。

「何が気になったんだ？」

ルイ様の質問に、私は昼間の皇女殿下の様子を思い出す。

「どうやら、トルソワ魔法学園について事前に調べていたようで、建物の構造や教室の位置まで理解しているように感じました」

皇女殿下には、色んな場面で違和感を覚える。だが、今日一番不思議だったのは、構内の地図を完璧に頭に入れているような振る舞いだった。さらには、生徒の中でも存在を忘れる人が多いという、屋上庭園に行きたがっていたのも気にかかる。

屋上庭園といえば、ルイ様のお気に入りの場所だ。学生時代は、生徒会の業務の合間によく

1人で休憩に行くことが多かった。中央のベンチで一息吐くのが、癒《いや》しの時間だと仰っていた。その場所を知っていただけでなく、ピンポイントでルイ様が好きなベンチに直行していたことも不思議だと感じた。

——皇女殿下とルイ様は、未だ簡単な挨拶程度しか交わしていないはずなのに。

もしかすると、私の気にしすぎなのかもしれない。デュトワ国に好意的な様子の皇女殿下は、トルソワ魔法学園に通うことをとても楽しみにしている。事前に校内図を入手して、屋上庭園という場所があることを知り、たまたまルイ様が好きなベンチが気にかかった。……その可能性だってある。

なのに、どうしてか、違和感は膨らむばかりだった。

「それに……」

「何か気になることでも？」

「え、えぇ。リュート様とマーガレット皇女殿下の会話の中に……予知、と」

そう。もう一つ、気にかかっていたことがある。

彼らは私には聞こえていない、もしくは聞こえていてもいいと思っての発言かは分からない。だけど、聞き間違いでなければ、確かにリュート様は皇女殿下に対して、予知という言葉を使っていた。

「予知？　どちらかが予知の能力を持つ、というのか？」

私の言葉に、ルイ様は視線を鋭くした。

「……私も分かりません。ですが……もしかしたら、マーガレット皇女はそのような能力を持つ可能性があります。私もお２人の会話から予測したにすぎませんので、確実ではありませんが」

ルイ様は顎に手を当てて、思考を巡らせているように考え込んだ。

「予知……か。デュトワ国の聖女の力も、時を操るものだ。……帝国の龍人としての血が、戦闘以外の隠された能力を持っていたとしてもおかしくないな」

「……私もそう思います」

ルイ様の考えに私も頷いた。

龍人の能力と聞いて最も思い浮かぶのは、人間離れした強靭な肉体と驚異の回復力だろう。だが、それだけでは納得できないほど、帝国の戦強さはずば抜けている。

光の精霊王のように未来を知ることができる能力があったとしても、おかしくはないのかもしれない。

「予知という能力があるとすれば、辻褄《つじつま》が合う気もするのです。なぜ留学生の話に、遠い異国の地である帝国の皇族の方々が名乗り出たのか」

「ラシェルは、君の元にいるドラゴンのことを、既にあの2人は知っているのではないか、と考えているんだね」

「正直、皇女殿下の反応からして、ドラゴンのことを知らないのではないか、と何度も思いました。知っているのであれば、ドラゴンのことを探ろうとするのではないかと。……ですが、皇女殿下もリュート様も、一切そのような素振りを見せません」

「では、なぜ？」

「……知っていると仮定した方が、行動に納得できるのです」

ドラゴンが私の手元にいることを知っていて、あえて今はその時ではないからと一切触れない。そう考えるほうが、自然なのではないか。……ルイ様と話すことで、思考がクリアになってきたのだろうか。徐々に、彼らの態度をそのまま受け取ってはいけない気がしてきた。

「留学期間は問題がなければ半年ほどだろう。知らない振りをしながら、機会を窺っているのかもしれない……ということだね」

「はい、そうです。であれば、私にだけ当たりが強い理由も納得です」

皇女殿下に言われた、私の化けの皮、というのは何を指しているのか。いまいちよく分からなかったが、ドラゴンのことを気づいているのであれば、話は別だ。

「元々、ドラゴンはトラティア帝国のものだ。それを奪ったと思われたのかもしれないな」

「はい。機会を見て、ドラゴンとの接触を図ろうとする気かもしれません」

左腕のバングルに魔力を込める。すると、無音のまま白いドラゴンだけが姿を現す。

ドラゴンは相変わらず眠るだけで、何の変化もない。ドラゴン自身に魔力を込めたところで、さらに眠りが深くなったようにスヤスヤと寝息を立てるだけ。

手元のドラゴンを見つめながら、無意識にため息が漏れた。

席を立ったルイ様が、私の元までやってくると、その場で膝をつく。そして、私の手元のドラゴンをルイ様が優しい手つきで掴み上げ、自分の腕の中に入れる。

「難しい問題だ」

じっと観察するようにドラゴンを見つめるルイ様の眉間には、グッと力が込められている。

「こちらとしても、帝国と争うつもりなどない。だとしても、バングルが外せない以上、あちらとしてもラシェルの手からドラゴンを連れ出すのは難しいだろう」

「それに、このドラゴンがどのような力を持つのかも分かりません。今の皇帝は、随分と荒い方だと聞きます。このドラゴンが帝国に渡り、大陸中が戦争にでも巻き込まれたらと思うと」

「あぁ。武力で帝国に勝つことなどできない。この国を消滅させる危険さえあるな」

この小さくて見た目は愛らしいドラゴンが、どのような争いを生むのか。ルイ様も、そのもしも、を考えているのだろう。ドラゴンを見つめるルイ様の視線は、どこまでも険しかった。

「ルイ様、どうしますか？」

「……それとなく探ってみるか」

数秒の沈黙のあと、ルイ様の呟きが部屋に響いた。

◆◇◆◇◆

日々はあっという間にすぎていき、トルソワ魔法学園の新学期が始まって、1カ月ほどが経過した。心配していた中等部の試験クラスも、特にここまで目立った問題もなく、一見平穏に経過しているように思う。

さらに、王宮に一時滞在をするという話も順調に進んだ。父は相当渋ったが、母の助言もあり、今日から2週間だけ王宮で生活することになった。

私が王太子妃として暮らすことになる自室は、現在内装の工事中であり、家具もまだ手配している段階であるため、滞在期間はルイ様の部屋に近い客室を利用することになる。

さっそく共に滞在予定のサラと一緒に、部屋に運び込んだ荷物の整理をしていた。

荷物の整理も一段落し、ドレスを着替え直したあと、一度部屋を出ていたサラが1通の手紙を手に持ち、戻ってきた。

「お嬢様、王妃様より手紙が届いております」

「王妃様から？　何かしら」

王妃様とは、オルタ国から帰国してからも、定期的にお茶会に誘われる関係になった。

バンクス夫人の件で塞《ふさ》ぎ込むのではないかと思っていたが、王妃様はその件があったからこそ変わられた。必要最低限だった社交の場にも、積極的に顔を出すようになった。さらに、学問も一から学び直しているそうだ。

王妃様の変化でルイ様が一番驚かれていたのは、陛下との関係性だった。王宮の敷地内において、陛下と王妃様の住む空間は本館と離宮とで、離れた場所に位置していた。それが、王妃様はオルタ国から帰国するとすぐに本館に引っ越され、同時に、可能な限りお２人は毎日の食事を共にすることになったそうだ。

最初のうちは、疲れたようにやつれていたが、最近は変わることができている自分が好きだと、表情も随分と明るくなった。

ルイ様もそんな両親の変化に、興味もないしどうでもいいとは口で言いながらも、どこか嬉しそうにも見える。

今まで暗くどこか壁のあった王宮での暮らしも、穏やかな新しい風が吹き始めてきたように思う。

「お嬢様、ペーパーナイフを用意しました」

「えぇ、ありがとう。……えっと、内容は……あぁ、今日の食事会についての話みたいね。会えるのが楽しみだと書かれているわ」

「今日は王宮に滞在中の他国の方も招いての立食パーティーでしたね。そろそろ髪の毛を整えましょうか」

「ありがとう、サラ」

椅子に腰掛けながら、手紙に目を通す。すると、サラは手に持ったクシで優しく私の髪を梳かし始めた。

「髪飾りはどれになさいますか？　今日はドレスが淡いピンク色なので、モルガナイトのバレッタなんてどうでしょう」

「えぇ、オレンジピンクの色合いが綺麗ね。それでお願い」

私の返答に、サラは「お任せください」と頷くと、あっという間にサイドを編み込んだハーフアップにまとめていく。そんなサラの器用な手つきを眺めながら、今日の食事会のことをぼうっと考え込む。

——今日はリュート様やマーガレット皇女殿下も参加する。あれから何度もルイ様は、それとなく探りを入れてはいるものの、何の収穫もない。

それどころか、リュート様の人当たりのよさと麗《うるわ》しさに誰もが魅了されていき、デュトワ国内ではリュート様の人気が高まってしまった。彼らの影響力を考えると、これはあまり歓迎できることではない。

それに、今日はカジュアルな食事会を謳《うた》っており、正式な社交の場ではないものの、陛下や王妃様も参加される。トラティア帝国の２人だけでなく、近隣国からの他の留学生たちも招いている。

だからこそ、油断はできない。

私は今日の食事会が、和《なご》やかに平和裏に終わることを願いながら、鏡の中の不安そうな瞳をした自分を見つめた。

◆◇◆◇◆

ルイ様と共に会場へと入ると、バイオリンやチェロ、ピアノの音色がホール内に響き渡っており、バイキング形式の食事が綺麗に並べられていた。

今回の食事会の目的はあくまで交流なので、皆が歓談しやすいよう、会場はダンスパーティーのような大ホールではなく、アットホームな小ホールで開かれている。カーテンで仕切った半個室のソファー席もいくつか壁際に設置されてはいるが、基本は気軽に色んな人と交流ができるよう立食パーティーになっていた。

次々と参加される留学生に挨拶をしながら、トルソワ魔法学園の様子や王宮での生活について聞いて回った。皆、今のところ大きな問題はないとのことだったが、他国の方から見ると不便だと感じることを教えてもらっていた。

ルイ様が他の方と会話している間、私はドリンクを取りにその場を離れた。すぐそばを通った給仕係からスパークリングワインの入ったフルートグラスを受け取り、ホール全体を見渡していたところ、「ラシェルさん」と私を呼ぶ声のほうに振り向いた。

そこにいたのは、穏やかな微笑みを浮かべた王妃様だった。

「ラシェルさん、お久しぶりね」

今日の食事会の主催者である王妃様と陛下は、お客様の出迎えやもてなしで忙しそうであったため、あとで声をかけようと考えていた。それがまさか、王妃様のほうから先にお声をかけていただくとは。

私はグラスを持っていないほうの手でドレスを摘むと、王妃様にお辞儀をした。

「王妃様、先程は素敵なお手紙をありがとうございます」

「短い間だけど、今日からしばらく同じ場所に暮らすのだから、たまにはお茶でも一緒にしましょうね」

「はい、ぜひ。ところで、陛下はどちらに？」

王妃様の隣には、先程まで陛下がピッタリと横にいた。だが、今はお1人のようだ。

「あぁ、あの人は……ほら、留学生と向こうで話しているわ」

周囲を見渡す私に、王妃様はホールの奥まった場所を指差した。そこにはオルタ国とジュノム公国から高等部へ留学してきた2名の男子学生と陛下の姿があった。学生たちは、2人とも高位貴族の子息であるが、陛下を前に顔が引き攣《つ》っていた。

「あの人、あれでも友好的に振る舞っているつもりだそうよ。でもあんなに眼光が鋭いのだもの、きっと怖がらせてしまっているわ」

私に説明する王妃様の声は、随分と楽しそうに弾んでいた。少し前までは、陛下の話をするといつも顔を暗くし、緊張を露《あら》わにしていた。だが今、王妃様が陛下を見つめる視線に、緊張感はなさそうだ。

「陛下と随分打ち解けているようですね」

王妃様は驚いたように目を見開いたのち、恥ずかしそうに眉を下げて微笑んだ。

「……ラシェルさんにも沢山迷惑かけたわね。私、陛下のことをかなり誤解していたようなの。逃げ回ってばかりいた私は、陛下の分かりにくい優しさや配慮に全く気がつかなかったの。私が無知で無能だから、王妃としての役割を与えないのだとばかり思っていたわ」

私と並んで話しながらも、王妃様の視線は、何度も陛下へと向けられる。

「だけど本当は、私の体の弱さを心配してくれていたり、私が社交や王妃の仕事が苦手だから、その分は自分がやればいいと思っていてくれたなんて知らなかったの。……いいえ、知ろうともしなかった。あの人の分かりにくい優しさに」

顔を合わせるだけで青褪めていた王妃様が、こんなにも生き生きとした表情で陛下を語れるようになった。その変化に私は驚いたが、きっとオルタ国から帰ってきてから、これまでの溝を埋めるような深い話し合いが陛下とできたのだろう。それだけ、王妃様の陛下を語る口調は、穏やかで迷いがないように見える。

「まだ陛下のことは怖いと思うことも多いけど、それと同じぐらい不器用なところが好ましいと感じるわ」

「そうなのですね。きっと陛下も王妃様のお心を知れば喜ばれるかと思います」

「……ありがとう、ラシェルさん」

照れたように微笑む王妃様の表情は、ルイ様にとても似ている。

「さて、私は陛下のところに行こうかしら。彼らも、陛下との会話に困惑しているだろうから」

「ふふっ、そうですね。それがいいかと」

軽快な足取りで陛下の元へと歩かれる王妃様の後ろ姿を眺めながら、陛下と王妃様の関係性はこれからさらに変化していくのだろうと感じた。

「ラシェル」

王妃様と同じく柔らかい口調。ただ、王妃様よりも低いテノールの声は、私の耳に甘く響いた。振り返った私に、ルイ様は笑みを深めた。

「ルイ様、もうよろしいのですか？」

「あぁ、一通り挨拶はできたからね。あと、まだ話ができていないのは……。あの2人、というところかな」

――あの2人。

ルイ様の視線の先には、沢山の人に囲まれたリュート様の姿と、食事の並ぶテーブルの前で皿に綺麗に盛りつけながら、美味しそうに鴨《かも》のローストを頬ばるマーガレット皇女殿下の姿があった。

その時、顔をこちらに向けたリュート様が何かに気づいたように、周囲の人に断りを入れながら近づいてくるのに気づいた。

「王太子殿下、今日はお招きくださりありがとうございます」

リュート様は、私たちの前で立ち止まると、友好的な笑みを浮かべた。

「いえいえ。デュトワ国での暮らしはいかがですか？　足りないものなどあれば、いつでも仰ってください」

「それには及びません。皆さんとても親切で、平和で。僕たちの国とは大違いです」

口元に手を当てて、クスッと笑うリュート様の言葉は、何かしらの含みを感じる。

トラティア帝国に言及するのであれば、今かもしれない。だが、ルイ様はあえて肯定も否定もせず、デュトワ国とトラティア帝国を比べるリュート様の発言を笑みで流した。

お互い何かしらの意図を持って会話をしているようだが、2人ともあえて互いの出方を待っているようにも感じる。この場の会話の流れはルイ様に任せ、リュート様の会話、仕草を失礼にならないよう気をつけながら、深く観察していた。

「トルソワ魔法学園のほうはどうですか？」

「そうですね。まだ通い始めてから1カ月ほどなので、慣れるので精一杯といった感じでしょうか」

「女子生徒たちの噂の的だとか」

距離感をグッと近づけたルイ様の軽口に、リュート様は眉を下げて困ったように微笑んだ。

ルイ様の言う話は、私もよく耳にする。リュート様は、一見近寄りがたいほどの麗しい外見を持ちながら、とても紳士的で、誰に対しても気軽に声をかける親しみやすさがあるそうだ。

帝国の公子という、普通であれば会話をすることさえ困難な立場の彼が、気軽な口調で微笑んでくれる。それに舞い上がるなというのは無理がある。

「お恥ずかしい。異国に慣れない僕に、皆さん優しくしてくださるのです。本当にデュトワ国には、とても親切な方が多いですね」

「そう言っていただき、この国の王太子として私も嬉しいです。何か困ったことがあればいつでも相談してください」

「ありがとうございます。ぜひ、何かあれば真っ先に王太子殿下にご相談します」

和やかな歓談にもかかわらず、彼らの微笑みはどちらも見事な仮面を身につけているようで、私は微笑みが引き攣らないように注意しながら自分の口から乾いた笑みが漏れるのを感じた。

だが、ルイ様もずっと上辺だけの会話をする気はなかったようだ。

ルイ様は私とリュート様を、カーテンで仕切られた半個室のソファー席に誘った。

腰を沈めると柔らかな感触のあるソファーは、灯《あか》りの加減によりビロードの生地が色彩を変える。ローテーブルの上には、3人分のフルートグラスが置かれた。

スパークリングワインの注がれたグラス内で、小さな粒がキラキラと立ち上《のぼ》るのを視線に捉えながら、私はグラスを手に取り一口含んだ。キリッとした辛口の泡が喉を通ると、ルイ様へと視線を向けた。

ルイ様は長い足を組み、その膝の上に両手を組んだ。

「ところで、トラティア帝国は、我が国とは比べ物にならないぐらい教育も進んでいるのでしょう？　なぜ、今回の留学を決めたのですか？」

リュート様は、ルイ様の一歩踏み込んだ会話にも微笑みを保ったまま、眉を僅かに下げた。

「お恥ずかしい話ですが、この国にも聞き及んでいますよね。僕の従兄《いとこ》の話は」

リュート様にとっての《いとこ》は、マーガレット皇女殿下もそうであるが、今の発言はマーガレット皇女殿下の兄であり、リュート様の従兄であるアレク・トラティア皇帝陛下のことを指すのだろう。

――あの、狂人という二つ名を持つトラティアの皇帝。

「類《たぐ》い稀《まれ》なる能力をお持ちの若き皇帝だとか」

「はい、その通りです。アレク陛下は、今のマーガレットと同じ歳の頃には、既に戦場に出ていました。幼い頃から数々の武功を立てて、四男という生まれにもかかわらず、皇太子の座を手にしたのです」

「……マーガレット皇女殿下と同じ歳ということは、12歳の頃にはもう戦場に」

――信じられない。体もまだできあがっていないような少年が、戦場に。しかも武功を立てていただなんて。

私とルイ様の戸惑いを感じたのか、リュート様は困ったように微笑んだ。

「我が国では、武力こそが正義ですから。力のない者が上に立つことなどありません」

武力こそが正義。デュトワ国で生まれ育った私にとっては、それで大国が存続できていることが信じられない。だが、迷いなく言い放つリュート様のグレーの瞳は純粋でありながら蠱惑《こわく》的で、気をしっかりと持たなければ、納得してしまいそうになる危うさがあった。

なぜなのだろう。あの瞳を正面に捉えられると、自分の考えがぼんやりとして、リュート様の言っていることこそが正しく聞こえてくる。

「こう言っては、国を批判していると捉えかねないかもしれませんが……本当に恐ろしい国ですよ。奪うか、奪われるかの世界。弱者は淘汰《とうた》され、強者のみが生き残る。もちろん、奪われるのは自分の育った家、国……そして、命なのですから」

「国家繁栄のためなら、犠牲はつきものだと？」

「どこの国でもそうでしょう。たった1人の強者は大勢の弱者の上に立てるのですから。もちろん、強者が一番上に立っていれば、弱者は守られます。だから、より強い力を持つ皇帝を求めるのです」

大国であるからこそ、圧倒的な力がなければ治めることが困難なのかもしれない。その分かりやすさが力なのだろう。強さというのは、人に恐怖を与えながらも、眩しい光を与える。

その使い道を間違えれば、国を巻き込んで地獄に突き落とすのだろうが。

それでもリュート様は、アレク陛下の光の危うさを知っていながらも、その光に魅了された1人なのだろう。現に、リュート様がアレク陛下を語る口調は、冷静でありながら親しみが込められているように思う。

「そうそう。留学を決めた理由でしたね」

リュート様は、話が脱線してしまったとでもいうように、恥ずかしそうに照れてみせた。だが次の瞬間、真剣な表情でこちらをジッと見つめた。

——えっ、何？

「もちろん国のためです。運命とやらがあるのかどうか、それを確かめに来たのです」

「運命？」

真っ直ぐ見つめるリュート様の視線が私にぶつかる。その視線から逃れるために顔を伏せようとするが、得体の知れない力によりそれができない。

リュート様の視線から逃れられず、思わず冷や汗をかく。

「ラシェル？　どうかした？」

私の変化にいち早く気づいたルイ様が私の背中に手を当てた。だが、私は何てことないように微笑むリュート様から顔を背けることも、ルイ様へ返事をすることもできない。

まるで蛇に睨まれたカエルのように、体を自由にすることさえできずに固まってしまった。

だが、その時――。

「あっ、あれは！」

私の耳に、少女の驚きの声が響いた。

それをきっかけに、私は再び自由に体を動かすことができた。リュート様から視線を外し、息を深く吸い込む。先程までのモヤがかかったような思考から、徐々に頭がクリアになる。

だがそれと同時に、ドクドクと心臓が速く鳴るのが収まらず、私は自分の胸に手を当てた。

「ラシェル、大丈夫？」

「は、はい」

心配そうに私の顔を覗き込むルイ様に、何とか頷くことができた。

――今のリュート様の異変に、ルイ様は気づいていない？　今のは何だったのだろう。

チラッと顔を上げてリュート様を見遣る。すると、彼もまた、急に胸に手を当てて顔を伏せた私を心配するような表情を浮かべていた。

それにしても、誰かの声がきっかけになって金縛りの状態が解けたのは助かった。あれは誰の声だったのだろうか、と辺りを見渡す。

すると、焦ったようにこちらに近づいてくる皇女殿下の姿がくっきりと目に入った。

「あ、あの。あそこにいるのって……」

皇女殿下は興奮したように私たちのテーブルの前までやってくると、今度はマカロンやプリンといったデザートが載った皿をテーブルに置き、ホールの入り口を指差した。

「テオドール・カミュ様ですよね」

ピリついた空気を一掃する皇女殿下の登場に、私たちは呆気に取られた。だが、一番先に動き出したのはルイ様だった。その場から一度立ち上がったルイ様は、マーガレット皇女殿下をリュート様の隣に座るように誘導した。

皇女殿下はソファーに座ったあとも、ソワソワと入り口付近へ意識が向いているようで、必死にテオドール様の姿を見つめていた。

「今日テオドール様にお会いできるなんて、思ってもいませんでした」

「皇女殿下は、テオドールと会ったことがあるとか」

「そうなのです！　一度トルソワ魔法学園でお会いしたのですが、本当に麗しいお方ですわ」

目を輝かせてうっとりと熱を送っていた皇女殿下だったが、さらに何かを見つけたように、驚きに目を見開いた。

「ま、待って……一緒に入ってこられた方は、まさか！」

「えぇ、彼女がアンナ・キャロルさんです」

テオドール様が入室したあと、すぐにホールに入ってきたのはアンナさんだった。テオドール様が食事会に参加することは知っていたが、アンナさんは地方の教会回りから昨日王都に戻ってきたばかりであるため、参加は見送るかもしれないと聞いていた。

疲れているにもかかわらず、遠目から見るアンナさんの姿は変わらぬ笑みを浮かべており、その元気そうな姿に安心した。

「想像以上だわ……」

感激の声を漏らした皇女殿下の様子に、私は心の中で納得した。

――そういえば、皇女殿下はデュトワ国に来た時からずっと、アンナさんに会いたがっていた。その人物が今目の前にいるのだから、嬉しく思うのは当たり前だろう。

「……テオドールとキャロル嬢を呼びましょうか？」

「い、いいのですか？」

皇女殿下の様子に、ルイ様が声をかけると、彼女は嬉しそうに破顔した。ルイ様が合図をし、2人がこちらに近づいてくるにつれ、皇女殿下はさらに目を輝かせて頬を上気させている。

テオドール様とアンナさんが合流しては、このソファー席は狭い。私たちは場所を移すため、近くの窓際まで移動した。

「魔法学園の図書館でお会いして以来ですね。覚えておりますか？」

「もちろんです！　あの日は嬉しくて嬉しくて全然眠れなかったのですもの。またお会いできるなんて……今も信じられない。本物のテオドール様が目の前にいるなんて、まるで夢みたい」

「……マーガレット。お会いできて嬉しいのは分かるけど、そんな早口で捲《まく》し立てるように言っては、テオドール様が困ってしまうよ」

「いえいえ、光栄です。このような可憐な皇女様にそのように言われますと、何だか恥ずかしいです」

テオドール様は、美しい微笑みを浮かべながらも、その目は完全には笑っていない。冷静に目の前の人物を探ろうとする瞳を向けている。――もちろん、それに気がついているのは、私とルイ様ぐらいだろう。

「皇女殿下は可愛らしい方ですね」

クスクスと笑みを漏らしたアンナさんに、皇女殿下はハッと顔を上げた。

「光の聖女……アンナ。あなたが」

アンナさんの姿を目に捉えた皇女殿下は、口に手を当てて目を潤ませながら、しばらく声にならない声を漏らした。

――こんなにも喜ばれるなんて。

アンナさんに対して、皇女殿下と同じような反応を見せる人は多々いる。私もまた、オルタ国にいた時にオルタ国民からこのような反応をされたことがあった。

絵画や絵本の中でしか知らない聖女という存在を、現実に目にした時の反応。それは珍しいものではない。――それが、精霊王を信仰するデュトワ国やオルタ国の民であるのなら。

だけど、皇女殿下はれっきとした帝国民。なぜそのような反応をするのか。……やはり、何度考えてみても不思議なことが多い。

「光の聖女とテオドール様が並ぶ姿も素敵だけど、やっぱりルイ様と並ぶ姿が一番しっくりくるわ！　とってもお似合い」

「な、何を」

何の前触れもなく突拍子もない発言をした皇女殿下に、その場にいた者全てがギョッとした反応をした。特にルイ様は、いつもの微笑みという仮面が外れ、嫌悪感を露わにしたように眉を顰《ひそ》めた。

だが、そんなルイ様の変化も一瞬のことで、すぐに目が据わったまま微笑んだ。

「皇女殿下、ご冗談はおやめください」

「そ、そうですよ。皇女殿下がそんな冗談を仰る方だなんて、驚きました」

アンナさんもルイ様の言葉に何度も頷きながら、乾いた笑みを浮かべた。だが、当の本人である皇女殿下はキョトンとした顔で、首を傾げた。

「どうして？　それが正しいストーリーでしょ？」

皇女殿下は、周りがなぜそんな反応をするのか全く分からないというように、ただただ不思議そうな顔をするだけだった。

その異質さに、私たちは言葉を失ったまま顔を見合わせた。

◆◇◆◇◆

食事会が終了し、ホールから皆が退席したあとも、私は部屋に戻ることはなかった。もう少し話をしたいというアンナさんと共に、ホールのバルコニーに残ったからだった。

春の夜はまだ少し冷えるが、ショールをかければ十分過ごしやすい。それに、今日は、雲一つなく綺麗な三日月や星空が眼前に広がっていた。

輝かしい星々が浮かぶ星空とは違い、私の心はモヤがかかったように曇っていた。

「……アンナさん、どう思う？」

手すりに体を預けながら隣を見遣る。すると、アンナさんは困ったように顔を顰《しか》めた。

「皇女殿下のことですよね。……ラシェルさんから事前に、皇女殿下のことを聞いていたとはいえ、誰が聞いているかも分からない場であのような発言をするとは。正直、本気で焦りました」

「皇女殿下の発言の怖さは、あの純粋さなのよね」

私への態度も、あえて嫌味を言っているのではなく、本気で私のことを悪い奴だと思っての言動なのだと思う。今回のルイ様とアンナさんをお似合いと言ったのも、本気で皇女殿下がそう思っているのだろう。

――だからこそ、厄介なのだけど。

「純粋というか……異質ですよね」

アンナさんの言葉に、私は「そうね」と頷いた。

「アンナさんに対して憧れを持っているようだけど、光の聖女という存在に対してのものなのかしらね」

「私もそこが不思議で。……最初は、教会で初めて私に会う人たちと同じような反応だと思っていたのですが、何かしっくりこなくて」

「あら、そう？」

アンナさんもまた、皇女殿下の反応に何か引っかかっていることがあるようだ。

「うーん、それよりも、テオドール様を見る皇女殿下の瞳なんて、完全に推《お》しを見るファンって感じなんですよね。テレビでずっと追っていたアイドルを目の前にしたような……」

「推し？　アイドル？」

聞き慣れない言葉に首を傾げると、アンナさんはこめかみの辺りを人差し指でトントンとし、悩むように唸り声を上げた。

「あっ、あー……えっと。何て説明すればいいのでしょう。例えば学園で、王太子殿下やテオドール様が女子生徒にキャーキャー言われているじゃないですか。そんな感じの存在というか」

「……なるほど？」

きっと推しという言葉は、アンナさんの前世の言葉なのだろう。アンナさんの前世の言葉には、この世界には当てはまるものがない表現が多々あるようで、このように何と説明すればいいのか分からないといったことはこれまでも何度かあった。

――おそらく憧れの的、といった存在なのだろうか。それとも、もっと特別な存在で、かなりの好感を持っているが、手の届かない存在……という感じなのかもしれない。

私が1人《推し》や《アイドル》について自分なりに考えている隣で、アンナさんは未だ皇女殿下の違和感の原因を探っているように悩み続けていた。

「何かふわふわした発言に、どこか既視感があるというか……」

「既視感？　……そういえば」

アンナさんの発言に、ジッとアンナさんの横顔を眺める。すると、不思議なことに、違和感の正体に覚えがあることに気がつく。

――そういえば、以前も私と会話しているようで、私を通して他の何かを見ていた人がいたじゃない。

目を見開く私を見たアンナさんは、「やっぱり！」と一際《ひときわ》大きな声を上げた。

「ラシェルさんもそう思いますよね！　皇女殿下は……かつての私によく似ている気がします」

言われてみると、確かに似通った部分がある。皇女殿下もまた、アンナさんのように自分の中で完全なイメージを持っていて、他人がそれに沿った行動をとると信じて疑わない。だからこそ、異質な純粋さがあるのかもしれない。

「この世界がゲームとやらの世界だと思っていた頃、ということかしら」

「そう、そうなんです！　それだ！」

アンナさんは、胸のつかえが取れたように、すっきりした顔をした。

「皇女殿下とリュート様は、以前《予知》という言葉を使われたと、先程ラシェルさんが仰っていましたよね。それこそがストーリー……まるで、ゲームを知っていて、その通りに進めようとする私のよう」

「では、皇女の予知というのは……」

「予知ではなく……ゲームの知識の可能性がありますね。であれば、ラシェルさんが言っていた、トルソワ魔法学園の校内をよく知っていたことも納得です」

「そうなの？」

「はい。ゲームの舞台は主に学園ですから。王太子殿下のお気に入りの場所の屋上庭園は、攻略に欠かせないんです。……生徒には人気がないのに、ピンポイントで行きたがるのはかなり怪しいですよね」

顎に手を当てながら「殿下を攻略しようとして何度も足を運んだなぁ」と何かを懐かしむように呟くアンナさんは、1人納得するようにうんうんと頷いた。

その姿はまるで……。

「……アンナさん、探偵みたいね」

「私、恋愛ゲームより謎解きもののほうが得意だったんです」

思わず呟いた言葉に、アンナさんは両手を合わせて嬉しそうに目を輝かせた。

「となると、彼女も転生者？」

アンナさんと同じように、前世は日本という国に生まれた転生者。そう考えるほうが自然かもしれない。だが、そうなると、アンナさんとサミュエルと同じ？

2人も転生者という存在がいるのだから、他にいてもおかしくはない。

「もしかしたら、皇女殿下もあの事故で亡くなっていたのでしょうか……。同じ場所で亡くなった転生者だとしたら、なぜ私と彼は同じデュトワ国で生まれたのに、皇女殿下は遠いトラティア帝国で生まれたのか。その辺りも変だとは思いますけど」

確かアンナさんとサミュエルは、トラックという馬車に似た大きな乗り物で同時に事故にあったそうだ。その事故が転生の鍵であるのなら、他の人もその転生の渦に巻き込まれた可能性はある。

もしくは、アンナさんたちのほうが巻き込まれた側……ということも考えられるのかもしれない。

「私が闇の精霊王ネル様の力で時を遡ったように、あなたたちの転生にも、何か理由があるのかしら？」

私が3年前に戻ったのは、ネル様が並行世界に私の魂を入れ替えたからだ。時を遡ることに理由があるのなら、転生にも巨大な力による理由があったとしてもおかしくはない。

「あの事故現場に何かあったとして、それを知る術はなさそうですが……。もし、皇女殿下が同じ転生者であるのなら、あの時何があったのか、知ってみたい気もしますね」

アンナさんは難しい顔をしながら頷くと、決意を固めた目でこちらを見た。

「この件、私に任せていただけないでしょうか。サミくんと相談してみます」

「……ありがとう、アンナさん」

頼もしい顔つきに、私は自然と胸が熱くなる。１人で悩むのではなく、こうして頼もしい友人がいることの力強さを感じたからだ。

「ところで……サミくんってサミュエルのことよね。可愛らしい呼び名ね」

つい先日まで、アンナさんはサミュエルのことを、マコトくんという名で呼んでいたはずだ。それがいつの間にか変化していたとは。微笑ましくなって、ふふっと笑みが漏れる。そんな私に、アンナさんは頬を赤らめて、照れたように目を伏せた。

「あ、そ、それは……いつまでも誠くんだと変ですし。過去のことはあれど、私が今大好きなのはサミュエル・エモニエという、今この世界に生きている彼なので」

「とても素敵ね」

彼らもまた、新たな一歩を踏み出しているのだと実感し、私は温かい気持ちになった。

3章　皇女マーガレット

「アンナ、今日は一緒に遊んでくれるのでしょう？　何をする？　魔術練習？　それとも誰かとデートの予定でもあるの？」

私の目の前には、ニコニコと楽しそうにこちらを見つめてくる少女――トラティア帝国のマーガレット皇女殿下がいた。

今日はラシェルさんと約束した通り、マーガレット様が本当に転生者なのか、それとも本当に予知の力を持つのかを判断するために、時間を取ってもらった。

だが、判断するといっても実際にどうすればいいのかは相当悩むことになった。なぜなら、もしも思い違いだった時に、国同士の関係を悪化させるほどの無礼を働く可能性もあるからだ。

それでも、私の顔をワクワクと言わんばかりに見つめてくる少女の様子はとても可愛らしく、思わずこちらも和んでしまう。

「マーガレット様、こちらの道具は見たことがありますか？」

「ここが調理場で、なぜだか私たちがエプロンを着けていることを考えると、調理器具でしょうね」

「せいかーい！　当たりです！」

片手にボウル、もう片手に木べらを持ちながら、できるだけ明るい声で笑みを浮かべる。

そう、今日は王宮の一番小さな調理場を借りていた。王宮には調理場がいくつも存在する。

メインの厨房《ちゅうぼう》は数十名の料理人が作業できるほどに大きいし、何より料理人たちの迷惑になる。

そのため、一番使用頻度が低い王宮の使用人向けの調理場を借りることにした。

とはいえ、私の実家のキャロル男爵家の厨房と同じぐらいの広さがあり、木目調で統一されたキッチンは、派手さはなくとも居心地のいい空間だ。

マーガレット様は、調理台に置かれた泡立て器や小麦粉の袋を不思議そうに一瞥《いちべつ》した。

「で、調理器具で何の遊びをするの？」

「今日は、クッキー作りをしようと思って」

「……クッキー？　そんなの私たちが作る必要ある？」

マーガレット様は心底不思議そうに、眉を寄せた。その表情は、あまりに皇女らしく、料理を自分がするなど考えたこともない、といったものだった。

――あれ？　……もしかして私の勘違いだった？

転生者であれば料理をすることに対して、あまり不快感などないだろうと思っていた。だからこその、あえてのクッキー作りだったのだが……。マーガレット様の表情は、私が料理をすると言った時の貴族令嬢たちの反応とよく似ていた。

「あの、あまり気が進みませんか？」

「そういうわけじゃないけど。……うーん。アンナは甘いものが好きだけど、お菓子作りなんて趣味あったかしら」

ブツブツと考え込むように独り言を言うマーガレット様に、内心私は気分を害してしまったのではないかと焦っていた。

その時、コンコンと部屋のドアをノックしたあとに、厨房へ入ってきた人物を見て思わず頬が緩んだ。

「お待たせしました」

「……誰？」

喜色を露わにする私を、不審そうに見つめるマーガレット様。そんなマーガレット様に紹介しようと、私は彼の隣に並び立った。

「今日のクッキー作りの先生です！」

「……先生」

「マルセル侯爵家で料理人をしているサミュエルさんです！」

「皇女殿下、お初にお目にかかります。サミュエル・エモニエと申します。本日はどうぞよろしくお願いいたします」

私の紹介にサミくんは、緊張した面持ちで頭を下げた。その固い挨拶からも、彼が帝国の皇女を前に随分と緊張していることが伝わる。普段私の前ではしっかり者なサミくんが、こういうところであたふたしている姿はどこか新鮮で、そんなところもまた愛おしく感じてしまう。

だが、サミくんの登場にマーガレット様は、あからさまに嫌悪感を露わにした。

「……あなた、爵位は？　もしかして、平民？」

「い、一応、男爵家出身です。ですが、私個人に爵位はありません」

サミくんの言葉に、マーガレット様は頭を押さえてため息を吐いた。

「……モブの中のモブって感じ」

呟いた声は、僅かに私の耳に届いた。

――今、モブって言った？　気のせい？

「まぁ、いいや。そのクッキーを作って誰かにあげる感じ？　それならつき合ってあげる」

「プレゼントですか？　でき上がったら、もちろんマーガレット様に差し上げます。ぜひご自分で作ったクッキーを召し上がってください。もちろん、安心してください。サミュエルさんがいれば失敗なんてあり得ませんから」

どうにも気乗りしないマーガレット様の様子に、私はサミくんの背中に手を当てた。

もちろんクッキーは難しい料理ではない。だけど、サミくんの作るクッキーは別格だ。表面はサクッとしながら柔らかな食感で、何よりほのかな甘みとバターの香り。いくらだって食べられるのだから。

「はぁ？　わざわざクッキーを作るのに、誰にもプレゼントしないの？」

だが、私の力説も虚《むな》しく、マーガレット様の機嫌は一向によくならない。

「自分が作ったものって、とっても美味しいんですよ。ですから、作ったらお茶会にしましょうか！　３人で一緒に食べましょ」

「……えっ、この料理人も一緒に食べるわけ？　おかしくない？　モブのくせに」

マーガレット様の物言いからして、一介の料理人と食べるのが嫌だという意味ではなさそうだ。彼女の言動から、私は間違いなくマーガレット様は転生者だと確信していた。

これはおそらく、攻略対象者でもない者にわざわざ時間を使うのは嫌だ、という意味ではないだろうか。

そもそも、ここはゲームの世界ではない。

ゲームのストーリーを実際に見ることができると期待しているのであろうマーガレット様には申し訳ないけど、私は攻略対象者と呼ばれる彼らに一切興味はない！

「ここは正式な場ではありません。皇女といった地位や聖女といった立場は、ここでは関係ない。そう最初に申し上げたはずです」

「使用人と一緒にお菓子を食べる趣味なんて、私にはないの」

フンと顔を背けるマーガレット様は、深いため息を吐く。だが、私が困った表情で見つめているのに気がついたのか、渋々といったように「仕方ない」と呟いた。

「今回だけよ！　特別なんだから」

これぞツンデレとでもいうように、ツンツンしながらも作業に取りかかろうと、目の前のボウルを手に持った。

――えぇ、何この子。発言は可愛くないのに、存在が可愛い。

思わず微笑ましいものを見る目で私もサミくんも見つめていたからだろうか、マーガレット様はこちらをチラッと見ると、ギョッとしたように驚いた。

「ほら、料理人。さっさと指示しなさい」

「は、はい！　ではまず材料の計量から始めましょう」

最初にあんなにもゴネていたのは何だったのだろうか。クッキー作りを始めてみると、マーガレット様は熱中したように無言で黙々と作業を進めた。

それどころか、恐ろしいほどに手際《てぎわ》がいい。まるで、クッキーなど作り慣れているかのように。不思議に思って、よく作っているのかと尋ねたところ、マーガレット様は「はぁ？」と心底嫌そうに否定した。

――いくらクッキーといえど、レシピが頭に入っているように行動できるだろうか。

今も当たり前のように生地を寝かせている間に、型のチェックや、オーブンの余熱はまだしないのかとサミくんに確認している。

サミくんもそんな皇女殿下に驚きつつも、嬉しそうに顔を綻《ほころ》ばせて一緒にオーブンのほうへと向かい、王宮のオーブンの使い方をレクチャーしていた。

「皇女殿下、楽しいですか？」

「た、楽しくなんか……」

黙々と型を抜いているマーガレット様に、サミくんはニコニコと話しかけている。

「今日のクッキーは間違いなく美味しいですよ。皇女殿下は手際がいいのもありますが、材料も器具も扱い方が上手いですから」

「……当たり前じゃない。焦がしたら承知しないから！」

物言いはトゲトゲしているが、態度はかなり軟化している。それどころか、時折鼻歌を歌いながら楽しそうに微笑むマーガレット様の様子に、私とサミくんは互いに顔を見合わせながら頷き合った。

オーブンに入れたあとも、待ちきれないといった様子でオーブンの前から離れないマーガレット様に、思わず笑みが漏れる。だが、そんな私のことも一切視界に入っていないのだろう。オーブンの前で膝を抱えて座りながら、柔らかい表情で焼き上がるのを待つマーガレット様は、今までのどこか不自然な様子が消え、ただの12歳の少女そのものだった。

◆◇◆◇◆

「お、美味しい！」

厨房のダイニングに椅子を並べて、私たちは焼きたてのクッキーを頬張っていた。まだほんのりと温かいクッキーが皿の上に綺麗に並べられ、ダージリンの紅茶と共に、厨房内は食欲をそそる香りが漂っていた。

待ちきれないとばかりに先に大きな口を開けたマーガレット様は、一口入れると途端に頬を緩ませた。

「ねぇ、これ美味しいわよね！」

さっきまでサミくんに対して散々悪態をついていたのはどこへやら。すっかり懐いた様子のマーガレット様が、サミくんに同意を求めるように、大きな目を向けた。

サミくんは柔らかく微笑みながら、頷く。

「はい。初めて作られたとは到底思えないほど、とても美味しいです。このまま店に出せるほどですね」

「そうでしょう！　不思議とね、泡立て器も木べらも手に馴染《なじ》むというか。不思議なんだけど、体が覚えているってこういうことなのかもって思ったの」

「えっ？」

――料理をしたこともないししたいとも思っていないけど、体に馴染んでいるということ？　それはどういうことなのかしら。マーガレット様は転生者で間違いないと思うけど、全ての記憶を持っているわけではないということ？

悩む私をよそに、マーガレット様は興奮したように頬を赤らめながら、終始嬉しそうにニコニコと笑みを浮かべている。

「つまり、こんなに熱中して何かをしたのは初めてのことなの！　最初は料理なんて低俗なと思っていたけど、私の勘違いだったみたい。アンナに誘ってもらってよかったわ」

「それはよかったです。次もぜひ一緒に作りましょう」

「本当？　だったらね、私作りたいものがあるの！　マカロンにシュークリームに……ティラミスもいいわね！」

指を折りながらあれもこれもとお菓子の名を挙げていくマーガレット様は、チラッとサミくんへ視線を向けた。

「あなた、次も指導役を任せてあげてもいいわよ」

「それはそれは光栄です」

サミくんは胸に手を当てながら恭しく頭を下げた。

「というか、あなたパティシエではないのでしょう？　教えるほどちゃんとできるの？」

「安心してください！　サミくんは努力家で、四六時中料理のことで頭がいっぱいな天才料理人ですよ。もちろん、マーガレット様が満足される指南役《しなんやく》を務めることができます」

「……それならいいんだけど」

私の勢いに押されたように、マーガレット様は若干引き気味に頷いた。

――あれっ、私またやっちゃった？

サミくんのことになると、つい語りたい欲求が高まっちゃって、マシンガントークが止まらなくなる。前世の時なんて、誠くんの妹であり私の親友だったメグに、よくこんな風に恋バナをしては引かれていた記憶がある。

好きな人の前ではいつだってよく見せたいと思う乙女心はしっかりと持ち合わせている。こんな早口で捲《まく》し立てるような私を見て、サミくんは幻滅していないだろうかと、恐る恐るサミくんへと視線を向ける。

だが、それは私の杞憂《きゆう》だったようだ。サミくんは少し驚いたように目を丸くしたが、三白眼の瞳を和らげて嬉しそうに微笑んでいた。

そんな私たちの様子をつまらなそうに見ながら、クッキーを黙々と食べ進めているマーガレット様は、ふと何かに気がついたようにハッとこちらに顔を向けた。

「って……サミくん？　えっ、ていうかあなたたちってどんな関係？　こんなどこにでもいるような料理人と光の聖女が親しく談笑する仲ってどういうこと？」

「あっ、それは……えっと」

ま、まずい。なぜか分からないが、マーガレット様という帝国の皇女を前に、私はいつの間にかフラットな感覚で接しすぎたのかもしれない。つい、いつもの距離感でサミくんと過ごしていたが、よくよく考えればまずかったのかもしれない。

冷や汗をかきながら焦る私とサミくんに、マーガレット様の疑惑の目はさらに鋭くなった。

「そもそも、あなたたち距離感近くない？」

腕を組みながら、じーっと見つめてくる瞳にたじろぎ、つい視線を逸らしてしまう。

「そ、そうですか？」

「作ってる時からいちいち顔を見合わせてニコニコして、クッキーが焼き上がったらお互いの作ったものを褒《ほ》め合って」

「そ、そんなことしてました？」

記憶にない。ただ私は、サミくんの作る料理は全て、世界一だと思っている。だからこそ、彼が作ったものは本心から褒め称えている。だから、やってないとは言い難い。

サミくんもまた、とても優しく朗《ほが》らかで、人のいい面をすぐに見つける人だ。作ったクッキーを褒めてくれたのも、自然の流れだろう。

つい顔を見合わせた私たちは、この時間があまりに自然体だったことに驚くと共に、ふと笑い合った。

そんな私とサミくんの様子にゲッと顔を歪めたマーガレット様は、テーブルに頬をつけながら興味なさそうにため息を吐いた。

「くっだらない。まったく、このままアーンでも見せられるわけ？」

「ま、まさか！　そんな……えっ、でもちょっとしてみたい」

優しいけど恥ずかしがり屋のサミくんは、今までアーンをしてくれたことなどない。前世の時の誠くんであれば、幼い頃にやってもらった記憶がある。だが、今世では1回もない。

せっかく恋人になったのに……。と期待の目でサミくんを見つめる。すると、サミくんは困ったように眉を下げた。

「こらこら、さすがに今はやらないよ」

「今はってことは！　あとでなら」

言質《げんち》とった！　と瞳を輝かせる私に、サミくんは肩を竦めた。

「えっ、私、モブとアンナの絡み見せられてるの？　ルイとアンナだったらいくらでも見たいのに。何の得もないじゃん」

唇を尖らせながら、行儀悪くテーブルに突っ伏し、椅子の下で足をプラプラとするマーガレット様。きっと彼女は今、自分がどんな爆弾発言をしたのか理解していないだろう。

ハッとした顔で私を見たサミくんに、私はマーガレット様に気づかれないように頷いた。

「……皇女殿下は、ルイ推しなんですか？」

「ちがーう。私はテオドール推し。でも隠しキャラだし糖度が低いから、ルートとしては微妙かな」

私の引っかけにあっさりと引っかかってくれたマーガレット様に、思わずニヤリと口角を上げた。おそらく、今の私の顔を鏡で見たら、随分と悪い顔をしているだろう。

「ふーん。テオドール推し、ね」

一語一語を意味深に呟く。すると、ガバッと顔を上げたマーガレット様は、これでもかと大きな目がこぼれ落ちそうになるほど、瞠目した。そして、すぐに顔面を蒼白にしながら、わなわなと震え始めた。

「だ、騙《だま》してたのね！　この偽物アンナ！」

ガタッと椅子を倒しながら立ち上がったマーガレット様は、青白い顔を今度は真っ赤に染めた。

「やだな。ここでは私が本物のアンナ・キャロルですよ。アンナとして生きて、アンナとして心も考えも持っていますから。ゲームのほうが作り物なんですよ？」

息を吐き出しながら、やれやれと首を横に振る私に、マーガレット様は驚愕《きょうがく》して目を見開いた。

「嘘つき、嘘つき、嘘つき！」

「いいえ、私は嘘なんてついていません」

「……だって、ここは……この世界は……」

先程まで激怒していたマーガレット様は、今度は困惑したように視線を彷徨わせて、ショックを露わにする。

「さぁ、マーガレット様。教えてください。……あなたは一体、どこから来た方なのですか？」

にっこりと笑みを深めた私に、マーガレット様は唇をギュッと噛み締めると、顔を俯かせながら立ち竦んだ。

◆◇◆◇◆

私の問いに沈黙を貫いたマーガレット様は、徐々に目に大粒の涙を浮かべると、小さな子供のように大声を上げながら泣き始めた。

一向に泣き止《や》まないマーガレット様に焦った私たちは、追い詰めすぎたことを謝罪しながら何度も宥《なだ》めた。それでも、自分が信じたものが一瞬のうちに壊れてしまったマーガレット様を落ち着かせる術はなかった。

マーガレット様は、「あんたたちなんて……あんたたちなんて、ジャガイモになっちゃえ！」という呪詛《じゅそ》を吐き出し、そのまま扉の向こうの調理庫に籠城《ろうじょう》してしまったのだった。

「……サミくん、私がジャガイモになっても、見つけ出してくれる？」

「それは……うん、頑張る。頑張るけど……その時は俺もジャガイモかも」

マーガレット様が消えていった調理庫の扉を呆然《ぼうぜん》と見ながら、私はそんなどうでもいい呟きしか口にできなかった。サミくんもまた、オロオロと困ったように扉の前を行ったり来たりしている。

「追い詰めすぎちゃったかな」

転生者だと分かって、きっと私はどこか嬉しい気持ちになってしまったんだ。勝手に仲間意識が芽生《めば》えたのだから。だけど、マーガレット様にとっては、そうではなかった。

私にとって、この世界がゲームだと考えていた時は、地獄だと思った。前世の世界に帰りたくて、ゲームの世界なんてどうでもよくて。酷い話だが、キャラクターに対する愛情も愛着も大してなく、理想の世界なんてここにはなかった。

けれどきっと、マーガレット様にとっては違ったのだろう。ゲームの世界は、眩しい光であり、信じたい世界がここにあったのかもしれない。

私を見つめるキラキラとした瞳は、間違いなく自分が愛した主人公アンナだったのだ。それが、自分の想像するアンナとかけ離れたものを急に見せられたら、それはショックに違いない。

「……何でそんなことにも気づかなかったんだろう。いつも感情で動いて失敗するのに……。また間違えちゃった」

――ラシェルさんにも、自分に任せてほしいなんて大見得《おおみえ》を切ったにもかかわらず、こんな結果になってしまったなんて。

俯く私の頭をポンッと温かく大きな手が包み込んだ。顔を上げると、サミくんの優しい目が細められた。

「俺は分かっているよ。アンナが同じ転生者として、マーガレット様に寄り添いたかったってことも」

「……サミくん」

「だけど、そのためには彼女が転生者であるという確信を持ちたかったんだよな」

「うん。……でも、誘導するような形をとったことで、マーガレット様を傷つけちゃった」

「俺はかなり幼い時から前世の記憶はあったし、アンナも色々あったけど17歳で記憶を取り戻した。でもあの子……皇女殿下はまだ12歳だ。俺たちとは違った苦しみがあるのかもしれない」

固く閉じられた扉は、まるで以前の私の心のようだった。頑《かたく》なに他者を排除して、この世界を受け入れまいとしていた私の心。

その扉をマーガレット様が開けてくれるまで、ひたすら待つか。それとも声をかけ続けるべきなのか。それでも、また間違ってしまったらと思うと、怖くて何もできない。

その時、私の両肩をサミくんががっしりと掴み、何かを決意したかのような真剣な表情で私の顔を覗き込んだ。

「俺、ちょっと行ってくるよ」

――行ってくるって、どこに。まさか……。

「サミくん！　待って、私も」

「アンナはここで待ってて。大丈夫、ちゃんと話を聞いてくるから」

サミくんは私を安心させるように、にっこりと微笑むと、調理庫の扉ではなくコンロのほうへと向かった。

小鍋に牛乳を温め始め、刻んだチョコレートを加えながら泡立て器で混ぜた。マグカップを準備すると、小鍋からカップに注ぐ。仕上げに小指大のマシュマロを数個載せると、それをトレーに載せて調理庫の扉へと向かった。

サミくんが私の目の前を通る時、ほんのりと甘いチョコレートの香りが漂った。ほっとする香りは、まるでサミくんの人柄そのもの。

「サミくんは、困った人を放っておけない人なんだよね。ありがとう。……そういうところも優しくて好き」

「俺も」

ノックをして扉を開ける直前、私に対して親指を立てながらにっこりと笑う。その笑顔にキュッと胸が締めつけられる。

サミくんの逞《たくま》しく広い背中が調理庫の中へと消えていくのを、私はホットチョコレートの甘い香りと共に見送った。

◆◇◆◇◆

扉を開けると、食材の棚の隅に膝を抱えて丸くなっている少女を見つけた。彼女は俺が入ってきたことが分かっているだろうに、顔を上げることなく膝に顔を埋めていた。

マーガレット様の目の前で、俺もしゃがみ込んだ。

「ホットチョコレート、飲む？　マシュマロ入りだよ」

トレーの上には、湯気の立ったカップ。甘い香りがマーガレット様まで届いたのか、彼女が顔を上げた。だが、俺と視線が合うと、フンッと顔を背けた。

「そんな子供っぽいもので釣ろうとしないで。モブ」

キッとこちらを睨みつつも、ホットチョコレートが気になっているのか、目線が徐々にトレーの上へと移動している。それを確認しながら、俺はあえてにっこりと笑みを深めて、立ち上がろうとする。

「じゃあ、いらないな」

「いらないとは言ってない！」

持っていかれないようにと、弱い力で俺の腕を掴んだマーガレット様は、気まずそうに視線を床に落とした。そんなマーガレット様の不器用さに、思わず漏れる笑みを抑えながら、ゆっくりとカップを彼女に渡した。

マーガレット様は、溢《こぼ》さないように丁寧にトレーからカップを手に取り口元へと寄せると、フーフーと息を吹きかけた。そして、ゆっくりとカップを口へと運ぶ。

一口飲んだあと、マーガレット様は大きく目を見開いた。

「どう？　熱い？」

「……ちょうどいい」

そっけない返事だが、緩んだ頬と僅かに上がった口角が、言葉よりも明確にマーガレット様の気持ちを表しているようだった。

「そっか。それはよかった……です」

「別に……今日はそのまま敬語じゃなくていい。変に気を使わないで」

「そう？　じゃあ……お言葉に甘えて」

先程からどうも上手く敬語が使えず困っていた。前世の記憶があるとはいえ、俺は生まれた時から一応は貴族の子息として生活している。ある程度は社交界のマナーを知識として持っている俺は、今までこのような失態などなかったのに。

この少女といると、前世の記憶により引っ張られてしまうのだろうか。

まじまじとマーガレット様を見ていると、彼女は中身が半分になったホットチョコレートをじっと見つめていた。

「何でだろう。この飲み物……初めて飲むのに知ってる味みたい」

「特に何も手を加えていない簡単なホットチョコレートだからかな？　帝国でも似たようなのを飲んだことがあるのかもな」

俺の言葉に、マーガレット様は少し考え込んだのち、首を横に振った。

「こんな飲み物を出してくれる人、帝国にはいないから」

ボソッと呟くマーガレット様は、どこか寂しそうで傷ついたような笑みを浮かべた。

「そっか。じゃあ、前世の記憶……とか？」

「どうなんだろう。温かくて優しくて……泣きたくなる時に、いつも飲んでた。……そんな味がする」

もう一口カップに口をつけたマーガレット様は、「うん、懐かしい」と何かを探るように独り言のように呟いた。

「……あんたも転生者？」

「うん、そう」

「何やってた人？」

「俺は、前世も料理人だよ」

マーガレット様は視線の合わないまま「ふーん」とそっけなく呟いた。

それきり静かになったマーガレット様は、チラッとこちらに視線を向けた。その表情は、先程までの泣きそうなものでも怒ったものでもない。瞳からは、俺の話に対する少しの興味を感じさせた。

俺はマーガレット様の正面から移動して、彼女が食材棚に背を向けて座る場所から1人分開けた場所に腰を下ろした。

「前世の話、聞く？」

「……話したいのなら、聞いてあげてもいいよ」

興味を隠しきれていないのに、どこまでもそっけなく見せるマーガレット様の言動に、俺はこっそりと目を細めて笑った。

「俺とアンナは、元々前世で幼馴染だったんだ。……事故で同時に死んで、気がついたらこの世界にいた。この世界がゲームそっくりだってことは知ってるよな？」

「もちろん。キャラクターもそのままだし、設定もそのまま。違ったのは、主人公の中身が転生者っていう偽物ってことぐらいじゃん」

拗《す》ねたように唇を尖らせたマーガレット様は、アンナが自分の理想とする主人公ではなかったことに随分とご立腹のようだ。だが、先程までの何もかも受け入れたくないという怒りの衝動はなく、あくまで平穏を保ったまま本音を露わにした、というように見える。

「俺も一応はゲームの知識はあったんだけど。ご覧の通り、前世も今世も料理のことばかり考えてるような奴だから、色々無頓着《むとんちゃく》でさ。この世界が前世に存在していたゲームによく似ているなんてことも、アンナに会って教えてもらうまで全く気がつかなかったんだ」

「アニメ化までされたのに」

「へぇ、アニメ化されてたんだ。このゲーム、妹が好きだったんだけど、そんなに人気だったなんて知らなかったな」

「……妹、いたんだ」

「あぁ。恵って名前で、いつもメグって呼んでた。口は悪いし短気で、すぐに蹴りが飛んでくるようなお転婆な子だったんだ。でも、正義感が強くて明るくて、家族想いで友達想いの優しい子」

メグはもちろん、父さんや母さん、お隣の杏《あん》の家族や商店街のみんな。今世の家族が大事だと思っているのと同様に、彼らもまた今も俺にとって忘れることのできない人たちだ。

もちろん、鮮明に姿を覚えていることはできないし、声だってあやふやだ。それでも、記憶の大事なところにいつまでも残っている。

「妹、大事だったの？」

「もちろん」

マーガレット様にも、皇帝陛下というお兄さんがいるからなのだろうか。やたらと兄と妹という存在に興味を持っているように見えた。そして、はっきりと頷いた俺に、安心したように「そっか」と頬を緩めた。

「俺さ、前世で今も思い残すことがあるかというと、家族のことなんだよ」

前世の記憶を鮮明に思い出した頃、まず最初に考えたのは杏のことだった。あいつはちゃんと生きているだろうか。守れただろうか。——どうか、生きて幸せでいてほしい。

その願いは、いつもどんな時だって俺の中に残り続けた。

だから正直いうと、杏と再会できて嬉しかった気持ちと同じぐらい、彼女を守れなかった自分の不甲斐《ふがい》なさに落胆もした。だからこそ、今世こそはどんなことがあっても自分の気持ちに嘘はつかず、守り抜くと決めたんだ。

と同時に、前世で残してしまった家族を想うと、申し訳なさでいっぱいになる。特に杏の両親は一人娘を亡くしてしまったし、妹のメグは兄も親友も同時に失ったのだから。

「俺と杏が同時にいなくなったあと、妹や家族がどれほど苦しんだんだろうって。あいつのことだから、1人でこっそり泣いて、何勝手に死んでるんだよって怒鳴っているだろうなって」

メグのことを思い浮かべても、姿形ははっきりとはしない。それでも、俺に対して、何で杏をちゃんと守り切らなかったんだと怒っている様子は、いつだって鮮明に思い描ける。

隣を見遣ると、もう随分と温《ぬる》くなってしまったであろうホットチョコレートのカップが目に入った。

「このホットチョコレートも、よく妹に作ってたんだ」

あいつが泣くのを我慢してそうな時、作ってやると悪態をつきながらも、必ず翌日に『美味しかった』って気まずそうに視線を逸らしながらも伝えてくれた。

そんなメグの不器用な素直さが、俺にとっては大事で……。いつかメグが生涯を共にしたい人を連れてきたら、このホットチョコレートのレシピを教えなきゃなとか思ってたりもして。それをメグに伝えたら、顔真っ赤にして『ばっかじゃないの！』って怒られたりもしたけど。

「もう作ってやれないのが、俺の後悔……かな」

アンナとは、前世ではなく今を生きようと約束した。だから、こんなにも前世のことを語るのは久しぶりだ。——もう忘れてしまったことも多いと思ったけど、意外と大事な記憶は残っててくれるんだな。

遠い昔を懐かしんでいると、マーガレット様がふふっと笑い声を漏らした。隣を見遣ると、マーガレット様は膝に手を置いたまま、こちらを見ていた。俺の視線に気がつくと、マーガレット様はニッと口角を上げた。

「いいお兄ちゃんやってたんじゃん？」

「……そうかな？　そうだといいけど」

「このホットチョコレート、私にまた作ってよ。……美味しかったから」

「あぁ、いつでも」

真っ直ぐな言葉は俺を照れさせるには十分で、つい頬を掻きながら嬉しさを隠しきれなかった。

「私にもそんなことを思ってくれる相手、いたのかな？」

「……前世の話？」

マーガレット様は、俺の問いには答えず、ギュと唇を噛みしめた。

「私は前世なんて何も覚えてない」

「前世を……覚えてない？」

「何をしていた人なのかも、どんな外見だったのかも。恋人がいたのかも、どんな死に方をしたのかも。何にも覚えてない」

——転生者にもかかわらず、前世の記憶がない……。

息を呑んだ俺に、マーガレット様は自嘲《じちょう》の笑みを浮かべた。

「覚えてるのは、ゲーム関連の内容だけ」

飲み干したホットチョコレートのカップは、もうすっかり冷えてしまっただろう。にもかかわらず、マーガレット様はそのカップを大事そうに両手で握りしめながら、自分のこれまでの生《お》い立ちをポツポツと語り始めた。

◆◇◆◇◆

私は物心ついた時から、常に命の危険がつき纏《まと》う場所にいた。

ただ広いだけの皇城は、温《ぬく》もりなんて一切感じさせない寂しい場所でしかない。使用人は皆、口数も少なくまるで人形のように無表情に淡々と己の仕事のみをまっとうし、普段から気配を消しているようだった。

今にして思えば、おそらく彼らもまた皇族の争いに巻き込まれないため、怒りを買わないために必死だったのだろう。だが、私は愛情に飢えたただの少女にすぎなかった。

母は私が生まれるとすぐに亡くなり、父は兄に殺された。沢山の異母兄姉たちは、自分が皇位につくために、新たな若き皇帝の命を狙うのに必死だった。

力も後ろ盾もない末の妹の存在など、皆忘れていたのかもしれない。私が住む宮殿自体も皇城の外れの小さな離宮だったこと、そして幼い頃から主要な催しが開催されるたびに、風邪をひいていたことも要因だろう。

さらに、私の唯一の味方と呼べる乳母《うば》が、この皇城での出来事を逐一報告してくれていたこと、私への危険をでき得る限り排除してくれたことが幸いした。私はこの血みどろの皇城の中で、ひっそりと息を潜めていたことで、何とか何事もなく10歳を迎えることができたのだった。

10歳ともなると、この皇城の異質さ、兄弟たちの恐ろしさ、そして自分の体に流れる龍人の血が争いを好む性質をしていることを理解していた。

いつの頃からか、自分に危害が及ばなければ、無関心を装うことができるようになっていた。

「第二皇子殿下がお亡くなりになりました」

「……そう」

「第四皇女殿下が亡くなりました」

「えぇ、分かったわ」

乳母は、その日の夕食のメニューを説明するのと同じテンションで、兄弟たちの死を伝えた。

だが、それに対してもはや同情する余裕はなかった。

「ここ最近、ペースが早い気がする」

ポツリと呟いた声は、乳母にも聞こえたのだろう。私の前から立ち去ろうと扉の前にいた乳母の足が止まった。

「おそらく、皇帝陛下が本格的に大陸支配のために動き出し、城を留守にすることが増えたからだと思われます。他国との戦に皇帝が出ると、皇城を自らの手にしようとする殿下方が動き始めますから」

「……帰ってきたアレクお兄様の怒りに触れて、そのまま殺されるってわけね」

「それと……」

「何、私に関係すること？」

いつだって私の前では正直であった乳母がここまで言い淀むということは、間違いなく私に関することだろう。しかも、悪い知らせがあるということだ。

彼女は、先代皇帝陛下である父から直々《じきじき》に私を任されたらしい。その任への責任を人一倍感じている乳母は、唯一私に対して愛に似たものを注いでくれた人だ。

彼女がいなければ、私は人間としての喜怒哀楽を大事にすることなど、まともな感情を育むことができなかったのではないだろうか。彼女は私が、庭の中ではいつでも素直に、自由に振る舞うことを肯定してくれていたのだから。

そんな乳母が、今は珍しく眉を顰めて悲しそうな目でこちらをジッと見つめたのち、堪らないとばかりに顔を伏せた。

「……皇帝陛下が、整理を始めました」

「整理？」

「はい。皇位継承権を持ち、なおかつ陛下が役に立たないと判断した者は、争いの種にしかならないからと早々に排除されていると……噂で。第四皇女殿下もそれで……」

——排除って……何？

「排除……それって、殺されるってこと？」

今までもアレクお兄様は、自分に牙を向くものは誰であっても許さなかった。それだけでなく、機嫌次第では自分の癇《かん》に障ったからと剣を抜くことも多いと聞く。

「……全ては陛下のお心次第かと」

乳母の返答に、私は悪寒《おかん》が走った。

トラティア帝国という大国において、全てはあの人の、お兄様の意のままだ。お兄様が望めば、何であっても手に入れることができるのであろう。それほどの巨大な力を持つ。それがこの国の皇帝だ。

なぜあのような狂人が、その力を手にしてしまったのか。

なぜあのような狂人に、私の命を握られなければならないのだろう。私が何をしたというのか。もしも、私がただの平民であったら、このような恐ろしい人物が自国の皇帝であることに頼もしささえ感じていたのだろうか。

それが、血を分けた兄妹というだけで、常に私の心臓は兄の手の中に握られているのだ。

「嫌……嫌よ、そんなの嫌」

私の震える唇から漏れた呟きは、徐々に叫び声となっていった。その場にへたり込む私を、乳母は慌てて駆け寄ると、抱きしめてくれた。

だが、私の体が震えているのか、乳母の手が震えているのか。体の震えは一切止まることはなく、私は恐怖のままに泣きじゃくった。

◆◇◆◇◆

1カ月、2カ月……半年。毎夜毎夜、眠りにつく前に、今日も生き延びることができたと安《あん》堵《ど》する。だが、それも眠る時まで。朝になれば、また息を潜めて、今日も生き延びられますようにと祈る毎日。

——次は私かもしれない。

いつも死の恐怖がつき纏っていた。病気がちだという噂と、今まで目立たず過ごしてきた日々は、ある意味無駄ではなかったのかもしれない。きっと、アレクお兄様は私の存在など覚えてもいないだろうから。

だからこそ、今日も息を潜めて、見つからないようにしなくては。決して目立ってはいけない。でないと、次に死地に送られるのは私の番。

こんなにも気をつけていたというのに、事件が起きるのはいつだって、ちょっとした気の緩みが出た時だ。兄が戦争に出かけたというから、油断したのだと思う。

私が自分の住む宮殿の外に出るのは、お兄様が戦に出かけた時だけ。期間はいつだって数日から長くて数週間。戦争なんて本当は喜ばしいものではない。だって、どこかで私のように死の恐怖に怯《おび》えている人々が、大勢いるということなのだから。

それでも、誰かにとっての地獄の時間は、私にとって束の間の安らぎになっていたのだ。

——自分の平穏のために、見知らぬ誰かの不幸を望むなんて……こんな自分に反吐《へど》が出る。

「もっと違う世界に生まれたかったたな」

シロツメグサを摘み、それを冠にしながらポツリと呟いた。

普段は足を踏み入れないが、そこそこ気に入っている離宮のすぐ側の丘はこの時期、見渡す限りシロツメグサでいっぱいだった。足元は白と緑に囲まれ、顔を上げれば水色の空に真っ白な雲がゆっくりと流れていく。

行儀悪いなんて重々承知で、私は沢山のシロツメグサの上に寝転んだ。気配を消している皇女なのだから、マナーなんて知るはずがない。乳母は、私が丘を駆け回ることも、川に入ることだって禁止はしなかった。今もそうだ。

きっと不自由な生活の中で、僅かな自由を満喫させてくれているのだろう。

私が癇癪《かんしゃく》を起こせば、夜中でもつき合ってくれ、料理が口に合わないと文句を言えば、すぐに作り直した料理を持ってきてくれる。

それが乳母なりの、私に対しての優しさなのだろう。

「この冠……乳母にプレゼントしてあげようかな」

随分と皺の増えた彼女は、私がこれを差し出せば、きっと目に涙を浮かべて喜ぶだろう。その姿を想像すると、自然と頬が緩む。

乳母が教えてくれた冠の作り方、不器用な私にしては十分上手くできたのではないだろうか。手の中にある完成した冠を手に、満足気に頷いた。

冠を手に立ち上がると、スカートについた土や葉っぱを払う。そして、すぐ目の前の宮殿に向かって駆け出した。

――こんな平和な日常がずっと続けばいいのに。

爽やかな風を切りながら、草を踏みしめる。視線の先には、モンシロチョウがまるで私を誘導するように、目の前に現れた。ふわりふわりと軽やかに舞うチョウを追いながら、まるでこのままどこまでも走っていけそうな気分になる。

だが、あともう少しで私の住む宮殿、というところで、門の前に人だかりができていることに気がついた。

――あれは……まさか、近衛騎士団？　なぜ戦場にいるはずの彼らが、こんなところに……。

何が起きているのか分からず、足を止めて注意深く彼らの様子を観察する。その、黒い集団の中から、一際眼光の鋭い赤紫色の瞳がこちらを向いた。

ビクッと肩が跳ね、途端に全身から血の気が引く。

――今すぐ逃げないと……。

そう分かっていながら、足に重石がついたように動けない。震える手から、シロツメクサの冠がポトリと落ちた。

「何だ、この見窄《みすぼ》らしいネズミは」

ここまで距離があるというのに、凛とした低い声は、いやに響く。

集団の中から、一際大きな体をした美丈夫が前に出た。漆黒の騎士服に真っ赤なマントを靡《なび》かせながら、私と同じオレンジ色の肩上のストレートの髪を揺らし、獲物を見つけた肉食獣のような目つきでこちらから一切視線を逸らすことがない。

禍々《まがまが》しく重い空気を纏ったその人は、アレク・トラティア皇帝その人だった。

「……あっ……あの……」

「陛下。こちらのお方が、この宮殿の主人である、第七皇女殿下でございます」

お兄様の隣に立つ一際美しい人は、少年から青年へと移行したばかりのまだあどけなさが残る人だ。だが、狂人の隣にいてあのように温和な微笑みを浮かべるような人だ。普通の人間なはずがない。

「……こんな奴がまだいたのか」

お兄様の私を見る目はまるで虫ケラを見るように冷たいもので、足の震えが止まらず、思わずその場に跪《ひざまず》く。だが、目線が下がったことで、お兄様が手に持つ剣の先から真っ赤な血が滴《したた》り落ちているのが目に入った。

「ヒッ！　なっ……」

よくよく周囲を見渡してみると、あちこちに死体が転がっていた。それは、どれもが見たことがある人物――そう、私の宮殿の使用人たちだった。

その中に、血の赤に染まりながらも元はクリーム色と分かるエプロンをつけた女性が倒れているのが見え、口から悲鳴が漏れる。

――あっ、あれは……。

宮殿のメイド服と形は似ていても色が違うそのエプロンを纏っているのは、この宮殿内でたった1人。私の乳母だけ。つまり……あそこに転がっているのは……。

極限まで見開いた瞳、両手で必死に塞いだ声から漏れるのは、嗚咽《おえつ》とも呼べない悲鳴だけ。

だが、そんな私の様子にも一切表情を変えずに、鈍い光を纏う剣を携えながら近寄るお兄様は、興味がなさそうに乳母を一瞥した。

「この女はお前の使用人か？　主人を出せといっても、ここにはいないと拒否するからこうなったのだ」

「あっ……あっ……」

血の繋がりはなくとも、唯一の家族とも呼べる乳母を失った私は、その仇である肉親を睨みつけることさえできなかった。次に殺されるのは、間違いなく私。恐怖に震えながら、必死に頭をフル回転させる。だが、震えからガチガチと歯が鳴ってしまう。

「い、戦に出かけたの……では……」

「あぁ。骨のない奴らだったから、あっという間に全滅だった。まだまだ動き足りないからな。……少しは暇つぶしになるかと思ってここまで来てやった。こんな皇城の外れにこんなにも小さい建物があるなんて知らなかったよ。……ましてや、第七皇女の存在さえも、な」

「わ、私には何の力も……」

「一応は皇族なのだろう？　お前はまだ未開花なのか」

開花というのは、始祖龍の子孫である皇族のみが持つことのできる特殊能力のことだ。とはいえ、血の薄くなった現代では、もはや開花することが奇跡であり、未開花で生涯を終えることがほとんどだ。

――乳母の言っていた、能力がないものを排除、というのは……開花する見込みのない者を処分するという意味だったのか。つまり……私は。

「少しでも使えるようであれば生かしてもいいかと思ったが、そうでないのなら死んだほうがマシだな」

一切光のない赤紫の瞳は、私の喉元に真っ直ぐ剣を伸ばした。無抵抗なこの状況で、あと数ミリでも剣を動かせば、私の喉は切り裂かれてしまう。

──怖い……怖い……。誰か、助けて。いや……死にたくない！

「……西の辺境に、へ、陛下のお探しの……ドラゴンの心臓が眠っているはずです」

──何？　私、今……何を言っているの？

間違いなく自分の口から発せられた言葉にもかかわらず、自分が何を言っているのか理解できない。ましてや、ドラゴンの心臓などという、お伽話で出てくるような至宝の在処《ありか》など、私が知るはずもないのに。

だが、お兄様の気を引くのには成功したのかもしれない。これまでずっと無表情だったお兄様が、僅かにピクッと眉を寄せたのだった。

「ほう。命乞いのつもりか？」

私の真意を探るように、お兄様は手に持つ剣で私の顎を上げた。

もしここで私のはったりが嘘だとバレることになれば、間違いなく私は明日の朝日を見ることなく、永遠の眠りにつくだろう。こんな発言をしてしまった以上、少しでも怯《ひる》んだ態度を見せることはできない。

「もしも本当に見つかるようであれば、私を殺すのは止めたほうがよいかと」

「……お前にその価値があると？」

ゴクリ、と唾を飲む。だが、目線は一切動かすことをしなかった。すると、お兄様は血を払うように剣を空に切ったあと、そのまま鞘《さや》に戻した。

「半年の猶予をやる。もし見つからなければ、俺が殺した親族の中で一番酷い死に方をするだろう」

ギラリとこちらを睨みつけながら、お兄様はマントを翻した。

――た、助かった……？

お兄様が乗った馬が去っていく音を耳に捉えながら、私は自分の意識が遠ざかっていくのを感じた。

◆◇◆◇◆

長い長い夢を見た。

まるで、あの悪魔の数分から永遠の天国に来たような、そんな長い夢を。

「この記憶は……一体？」

目が覚めた私は、見知らぬ部屋のベッドで起きた。今まで私が生活していた部屋とは格が違う、絢爛豪華《けんらんごうか》な調度品《ちょうどひん》に囲まれた広い部屋。ベッドだって３人は軽く寝れるほど広い。

なぜここに寝かされていたのかは分からない。だが、長い夢から覚めた今、自分の置かれた状況が別の角度から見れるようになった。なぜなら。

「……これがゲームの世界に転生した、ということなのね」

夢の中で、私は違う誰かの目を通して、箱の中の画面を永遠に見ていた。もしかしたら、その体の持ち主は、私の前世の姿、ということになるのかもしれない。

コントローラーというものを手にし、テレビという板の画面に釘づけになる。時折、スマホと呼ぶ小さな板で調べ物をしながら、何度も現れる選択肢を一つ一つ選んでいく。

多数のルート、多数の登場人物。その中の主人公と呼ばれる少女が、時に幸福を手にし、時に友情を手にする。選択肢を間違えれば、不幸になることさえある。

だが、恋愛ゲームのバッドエンドと呼ばれるものでさえ、今の私の状況よりもマシな気がする。いつ殺されるか分からない恐怖に怯えなくていいのだから。

「それにしても……無印と呼ばれる1作目も、続編も、明るくて優しくて、いつだって前向きな主人公が素敵だったな」

ゲームやアニメの主人公たちは、まさしく私の憧れだった。彼女たちの幸せは、間違いなく私に幸せと夢を見せてくれるのだった。

――死ぬ間際の走馬灯《そうまとう》って本当にあるのね。自分の経験から、どうにか死を回避できないかと過去の記憶を遡るとどこかで見た気がするけど……まさか前世の記憶を取り戻すことになろうとは。しかも、前世の記憶といっても、この世界に関係すること以外は、全く思い出せないのだけど。

「……でも、この記憶は役に立つ。これで今すぐには殺されないはず……」

部屋を見渡すと、机の上に便箋《びんせん》とペンが置かれていた。私はベッドから降り、まだふらつく足で何とか椅子に座ると、自分の記憶を整理するために、この世界の状況とゲームの知識を書き出していった。

私が生まれ育ったトラティア帝国は、間違いなくゲームの中心。帝国に奪われた亡国の姫である主人公が、帝国の皇族や貴族と関わり合いながら、悪役皇帝を倒し、祖国を取り戻して平和な国を作り上げる物語だ。

――だが、問題が一つある。ゲームの開始まで、あと20年という長い月日が経過しなければならない。なぜなら、このゲームは、あいつの……私を殺そうとした兄が、結婚して生まれた子供の世界。兄の息子がメインヒーローの物語なのだから。もちろん、主人公である亡国の姫も生まれていなければ、兄が戦争を仕掛け奪うはずの主人公の祖国も未だ存在する。

「どうせこの世界に生まれるのなら、無印がよかった……」

トラティア帝国が舞台になるのはゲームの2作目。つまりは続編。今は1作目である、ここから遠くの平和で美しい国、精霊が住まうデュトワ国が物語の舞台だ。

どうせ転生するのであれば、デュトワ国に生まれさせてくれればいいのに。こんな救いのない狂人が支配する国で、物語の開始前に、ゲームに存在もしないようなモブにさえなれない皇女に生まれるだなんて。

神様なんて、私は信じない。

だって、そんな存在がいたのなら、なぜ私をこんな恐ろしい国に誕生させたのだと胸ぐらを掴んでやりたくなる。

◆◇◆◇◆

前世の記憶を思い出し、自分が今後どうするべきかと悩んでいた私の元に、ある人物が現れた。

「君が第七皇女だね」

「あなたは……確か、お兄様の隣にいた……」

柔らかなミルクティーベージュの髪に、蠱惑的なグレーの瞳。あの日、私が殺されそうになった時に、兄の隣にいた人物に違いない。

警戒心を露わにする私に、目の前の彼は優しく目を細めた。

「僕はリュート。君の従兄だよ」

リュート……。確か、前皇帝である父の弟である大公の息子だ。幼少期からその美貌と優れた能力で、その名を知らぬ者はいないと聞く。確か昨年から兄に能力を買われて、14歳という年齢ながら皇帝の補佐役として、兄と共に戦場に出ている人だ。

——こんな優しそうで美しい人でさえ戦場に出なければならないなんて……。

一瞬同情心が湧いたが、すぐにその気持ちは拭《ぬぐ》い去った。なぜなら、人に同情している余裕なんて私にはないのだから。

だが、そんな私の気持ちなど知りもしない彼は、僅かに腰を屈めて私と視線を合わせると、嬉しそうに目を細めた。

「君は賭けに勝ったんだよ」

「賭け？　そんなもの……した記憶もないわ」

「いや、君は賭けを持ちかけたはずだ。君の命をかけた賭けを」

その一言で、思い出した。――ドラゴンの心臓。ゲームの知識を思い出していなかったあの時、咄嗟《とっさ》にその在処を口走った。

「見つかったの？」

「あぁ、西のはずれの洞窟に」

「……そう」

あれを手にするのは、本来であれば亡国の姫である主人公のはずだ。悪役皇帝であるアレク皇帝――つまりは、私の兄を倒すための手段として。

――自分の命がかかっていたとはいえ、沢山の人の命を奪った。そして、私の唯一の味方である乳母の命を奪った悪役皇帝があの至宝を手にする機会を与えてしまったなんて……。

唇を噛みしめながら、ドレスのスカートをギュッと握りしめる。すると、目の前の彼は不思議そうに首を傾げた。

「あれ、嬉しそうじゃないね？　殺されずに済んだんだから、もっと喜ぶかと思った」

――喜ぶ？　私が？

「どっちが幸せかなんて、もう分からない。こんなにも毎日怖い思いをするなら、いっそあの時、この命を終わらせて新しい世界に生まれ直したほうが、この国にとってよかったのかもしれない」

ドラゴンの心臓を主人公が手に入れて、将来的に乳母の仇を取ってくれるのなら。物語に全く関係のない、こんなちっぽけな私が命を惜しんだばかりに、この国の悪夢を長引かせてしまう可能性だってあるんだ。そう思うと、どっと後悔が押し寄せる。

「ふふっ、本当に面白い子だね。陛下の言う通りだ」

何が面白いのだろうか。口元に手を当てて上品にクスクスと笑うリュートに、私はげんなりとした。

だが、その直後私の耳元に顔を寄せたリュートは、私を驚かす言葉を囁《ささや》いた。

「君の能力は予知、だね。龍人の血の中でも相当珍しい能力だ」

――予知ですって？　そんなはずはない。なぜなら、私の持つゲームの知識は走馬灯の一種なはず。現に、能力が開花すれば本人にしか見えないアザが手の甲に出るというそれが、私にはないのだから。

だが、リュートも兄も、誰もが知りようもないドラゴンの心臓の在処を告げた私。２人は、私の能力が開花したと信じたようだ。

――この見当違いの嘘がバレたら、私は間違いなく殺される。

だが、これは私にとっては都合のいい勘違いだった。予知という能力を私が持つと兄が信じているのであれば、兄にとって私は重要な駒になり得る、ということなのだから。

「きっと陛下の役に立てるよ。陛下だって、君のことを大事にしている」

「大事になんて……」

「ここ、実は僕の家なんだ。陛下は、この国で一番危険な場所は皇城だと常々言っているよ。そんな場所じゃなく、君が安心して過ごせる、我が大公家に君を任せたいと命じたんだ」

「あの場所から出られたのなら、私はそれで十分よ」

「そうだよね。君はまだ小さく弱い。守ってくれる誰かがいなければ、あの魔の巣窟《そうくつ》では生きていくのは難しいだろう。だから、今日から僕が君を守ってあげる。君の乳母が母親代わりとして君を守ったように、今日から僕が君のお兄さんになるよ」

リュートの言葉に、私は唖然として口を開いた。

「お兄様？　あなたが？」

「あぁ、よろしくね。僕の小さな妹、マーガレット」

リュートは私の驚いた顔に満足気に頷くと、まるで幼い頃から常に一緒にいた本物の兄のように、慈愛に満ちた目で和やかに微笑み、私の頭を撫でた。

◆◇◆◇◆

大公家での暮らしは想像以上に快適だった。使用人たちは、皇城とは違い表情がある。リュートの両親も私のことを本当の子供のように慈《いつく》しんでくれる。そしてリュート自身もまた、彼が以前そう言ったように、本物以上に本物らしい兄として振る舞った。

リュートやこの家の人間たちは、どこまで私を許してくれるだろうかと、何度も彼らを試した。洋服が欲しい、こんなご飯食べたくない、とわがままを言っては困らせ、時には屋敷のどこかに隠れて、皆が私を探すのをこっそりと眺めた。

そんな私に、彼らは私のわがままを窘めながらも、関わることをやめなかった。

大公家にいる間は、私にとって少しの安らぎにはなった。だが、月に一度連れていかれる皇城で兄に面会し、予知を披露する時間だけは苦痛に満ちていた。

兄を目の前にすると、いつだって自分の中の龍人の血が騒ぎ出す。兄に恐怖する感情と同じぐらい、兄を憎悪している。

――この人がいるから、私はいつだって苦しんでいる。この人を一刻も早く消さなければ。

そう、誰かが自分に囁き続けるんだ。

だが、どう考えても私が兄に敵うはずがない。何といっても、若き皇帝は始祖龍の生まれ変わりと持て囃《はや》されるほどの力を有するのだから。

だから、彼を倒すには物語通り、亡国の姫と兄の息子であるメインヒーローの登場を待つしかない。特にメインヒーローは、始祖龍の生まれ変わりという父の血と、精霊国出身の膨大な魔力を持つ、悪女と呼ばれた母の能力を持って生まれる。

兄を倒せるのは、まだ姿形もない未来のヒーローだけ。それまでは、できるだけ穏便に、被害を最小限にする以外にない。

けれど、それには一つだけ問題があった。それは、兄の結婚相手の存在だった。彼女が登場し、兄と出会わない限り、メインヒーローは生まれない。

――兄の結婚相手は、無印の悪役令嬢……ラシェル・マルセルだ。

力のない私には、彼女を探す術がない。であれば、力のある人に探させればいいだけ。

「俺に、運命の相手がいる、だと？」

「は、はい」

月に一度の面会時、私は予知と称して兄に『お兄様には、運命の女性がいるようです』と告げた。だが、兄の反応は今一つ。私が勇気を出して言った言葉に興味を持つことはせず、書類の束から顔を上げることさえなかった。

「面白い戯言《ざれごと》だ。一体、お前の頭の中はどうなっているのだろうな」

「嘘ではありません」

必死に言い募《つの》る私に、兄は不審そうに顔を上げた。眼光の鋭い眼差《まなざ》しに、私の肩は跳ねる。

――まずい。必死なあまり、怪しまれる言動になってしまったかもしれない。

だが、冷や汗を流す私をよそに、兄は珍しく機嫌がよさそうに口の端を上げた。

「で、そんな酔狂《すいきょう》な女はどこにいるんだ。お前が本当のことを言っているのか、嘘をついているのか。それはどうでもいい。……だが、実際にいるのであれば、この目で見てみたいものだ」

内心ほっと胸を撫で下ろす。だが、ここで選択肢を間違えてはいけない。まずは、悪役令嬢ラシェルがちゃんと存在しているか。彼女の情報を兄が調べようと思えるように、誘導しなくては。

「……遠く離れた精霊の国に」

「あぁ、大陸の外れか。デュトワ国だかオルタ国だかっていう小国だな」

兄は机の引き出しから地図を取り出すと、机いっぱいに広げた。そしてトラティア帝国からデュトワ国という1万キロは離れていそうな距離を確認すると、「遠いな」と考え込むように呟いた。

「だが、妹の頼みとあらば、次に攻め入るのはその国にするか」

兄の言葉に、私は愕然《がくぜん》とした。

攻め入る？　デュトワ国を？　前世の知識を思い出してから、ずっと憧れて何度も何度も夢に見て思い描いてきたあの美しい場所を？

「……は？　デュトワ国を潰すつもりですか？」

「その国に俺の運命の相手がいるのだろう？　攫ってくるにはそれが一番手っ取り早い」

ニヤリと笑うその顔は、ただ純粋に狩りを楽しむ顔だった。

まさかここまで興味が引けるだなんて想像もしていなかった。どうすればいい。兄を潰すことは考えていても、デュトワ国を地図から消すつもりなんて一切なかったのに。

だが、フッと誰かの微笑む息の音が、部屋の空気を変えた。

「陛下、あまり現実的ではありませんね」

部屋の隅に控えていたリュートの言葉に、兄は「ほう」と眉を上げた。

「西の外れの国に辿り着くまで、どれほどの国を滅ぼす必要があるとお思いですか？　それに、長い間陛下が国を空けるのはよくありません。未だ国内は完全に落ち着いてはいないのですから、その隙に玉座を狙う輩は多数いますよ」

「リュート、分かってるさ。冗談だ」

——じょ、冗談だったの。この人の冗談なんて、私には分からない。全く面白くもない冗談。

思わずその場にへたり込みそうになるのを、何とか持ち堪える。だが、「そういえば」と前置きするリュートの次の一言で、また私の心臓はバクバクと動き始めることになる。

「これは最近仕入れた情報ですが……。デュトワ国では国営の教育機関で、来年度から留学生を受け入れるそうです」

「よく知っているな」

「マーガレットから、陛下の運命の相手とやらの話は聞いておりましたから、事前に調べておきました」

兄に伝える前に、ラシェルの情報をリュートに伝えていたが、まさかリュートが動いてくれるなんて考えもしなかった。

リュートの言葉に、私は驚いて目を見開きながら、顔をリュートへと向けた。すると、リュートはいつもの優しい微笑みを浮かべながら、こちらに一つウインクをした。

「僕とマーガレットが様子を見てきましょうか？　本当に陛下の運命の相手がいるのかどうか」

「好きにしたらいい。どうせ、俺が興味を持つような相手ではないだろうからな」

机に肘をつき、手のひらに頬を乗せた兄は、目を瞑りながら空いた手をヒラヒラとさせて、自分は関与しないと意思表示した。

だが、私の頭の中はただただ混乱していた。今、何が起きているのか、自分が正確に理解できているのか不安でしかなかった。

――私が……デュトワ国に留学？　それって……。

「……デュトワ国に行けるの？」

「向こうが受け入れたらね。……まぁ、受け入れざるを得ないとは思うけどね」

グレーの冷え冷えとしたリュートの瞳が怪しく煌めくのを、私はその時、一切気がつくことができなかった。

自分の思い描いていた美しい世界を実際にこの目で見ることができる。まるで夢のような話に、私の胸はときめきでいっぱいだった。

◆◇◆◇◆

トラティア帝国からこの国に来た時は、まさか夢に描いていた世界がこんなにも歪んでいただなんて、知りもしなかった。私の他にも転生者は何人もいて……しかも、それがまさか私にとって大事な存在であるアンナだったなんて。

同じく転生者の料理人サミュエルに、自分の生い立ちや前世の記憶はゲームに関してしかないことを愚痴《ぐち》ったせいか、少し自分の感情が落ち着いてきた気がする。

だが、原点回帰という意味ではよかったのかもしれない。私がこの国に来たのは、もちろん大好きなゲームの世界に来たかったこともある。だけど、それよりももっと大事なことがある。

――あの悪魔……兄を永遠に葬り去るということ。悪役皇帝には、悪役令嬢がお似合いなの。

「私……。私、運命って決まっていると思う」

ポツリと呟いた言葉は、隣に座るサミュエルにも届いたようで、サミュエルは「運命？」と私に聞き返した。だが、それに返事をする気はない。

この国に来て、現実の主人公がいて、攻略対象者が生きている。物語の舞台がそのまま存在する。それに舞い上がって、自分の目的を忘れていた。……こんなの、私を庇《かば》って死んでいった乳母にも、申し訳ない。

きっとアンナが転生者であることで、ゲーム通りのストーリーにはなっていないのだろうが、この大陸を悪魔から守るという大義を持つ私には、そのぐらいのことで目的を諦めるなんてことはできない。

――運命は絶対なんだから。

「……悪役令嬢には、まだ役目が残っているの。あの人は、ルイとは結婚できない」

「何を言ってるんだ。王太子殿下とラシェル様は愛し合っている。彼らが結婚しない未来なんてあり得ないよ」

「この国はそれでいいかもしれない。だけど、トラティアにとってはそれじゃあダメなの」

この国に来て一番驚いたのは、悪役令嬢ラシェルがゲームと違って落ち着いた女性だったことだ。初対面の時でこそ、兄と同じく悪役の運命を持つラシェルへの嫌悪感が強かった。それも、彼女と接するうちに徐々に薄れそうになった。

ラシェルが悪役令嬢だというだけだったなら、私も放っておいたかもしれない。だけど……彼女には、必ずトラティア帝国に来てもらわなければならない。膨大な魔力を持つ精霊国の令嬢……その存在が絶対に必要なのだから。

「あの人が兄と結ばれなければ、兄が支配する国にずっといなければいけないの」

「どういうこと？」

サミュエルには、私の簡単な生い立ちとゲームの知識を説明したが、ラシェルに関して続編に関わっていることは説明していない。その説明をサミュエルにしてもいいのか、私はしばし考え込む。

じっとサミュエルを見つめると、彼の瞳は揺れていた。心配が滲むその目は、誰を想ってのことなのだろうか。なぜだか、自分の弱さも1人で抱えきれない苦しみも、この目に縋《すが》ってしまいたい、そんな強さを感じる。

「私は……兄を……実の兄に、早く死んでほしいと願ってしまっている。そんな嫌な人間なの」

こんなこと、今日会ったばかりの人に言うべきではない。冷静になればそう分かっているのに、私の心はサミュエルに助けを求めていた。

涙で滲む視界の中で、この優しく甘い飲み物をくれた彼であれば、私のことを理解してくれるのではないだろうか。１人で抱えきれない秘密と苦しさを、彼の優しさにつけ込もうとする。それはまさしく私の弱さだろう。

サミュエルは、ゲームの続編の存在を知らなかったようで、私の話に逐一顔を青褪めて、徐々に言葉を失っていった。

それもそうだろう。婚約破棄の末に修道院へと行く形で、華麗に退場するはずの悪役令嬢。だがその道中、賊に襲われ命からがら逃げ込んだ先で、トラティア帝国の皇帝に見染められるなんて。私もゲームのファンブックの小話を思い出さなければ、知りもしなかったのだから。

「待って。それはゲームの続編で、君のお兄さんとラシェル様が結婚したら、君のお兄さんが亡くなるということ？」

怒涛《どとう》の私の説明に顔面蒼白になりながら、頭を抱えたサミュエルが唸るように呟く。

「続編のメインヒーローは、悪逆非道の父を……魔王と化した父を殺すの。あいつを止められるのは、まだ生まれてさえいない、兄とラシェルの子供なの」

「ちょっと待って。そんな危険な人物をそのままにしておくの？　だったら、お兄さんを魔王にしない方法を考えないといけないんじゃない」

「あいつを止められるなら、私だってそうしてる。だけど、兄を止められる人なんてこの世にはいない。それほど恐ろしく強い、悪魔のような奴なの」

サミュエルの話はもっともだ。だが、今この世界で、兄よりも強い人間なんているはずがない。そもそも、龍人の血を持つというだけでも、普通の人間ではない。それが、始祖龍の能力を持つとされる兄は、悪魔さえも逃げ出すのではないかと思えるほどなのだから。

「私ができるのは、少しでも被害を小さくすることぐらい。そして……自分が何とか生き延びる術を探すことぐらい」

自分勝手だと罵《ののし》られても仕方ない。だけど、私の最優先は身の安全と、兄の破滅なのだから。

「……優しくして損したって思った？」

「そんなこと思わないよ。君だって、随分と悩んだんだろうし。だけど……俺に話しちゃって大丈夫だった？　俺はラシェル様の料理人だよ？　彼女に恩義もあるし、この話を黙っておくわけにはいかない」

「別に知られてまずいわけじゃないから。私は私の思う通りに行動するし」

ルイとラシェルだって、アンナたちからある程度はゲームの内容を聞いているはず。それに、帝国という後ろ盾がある以上、ルイだって私を邪険にできるはずないんだから。

でも、気張っていた心が少しほぐれたような気がする。

「……あんたさ、この飲み物に変なの入れてないよね？」

「まさか！　普通のホットチョコレートだよ」

私だってこのモブの料理人が、私に危害を加えようとしたとは思わない。だけど、それでもこのサミュエルという男は不思議な人物だ。

「不思議……。今まで秘密にしていたことを、あんただけには明かしてもいい気がした。……モブのくせに、何で？」

「俺も不思議だけどさ。初めて会ったのに、君が心配で仕方がない」

「もしかしたら、私の前世に関わっている人なのかもね」

「えっ？」

私は何も覚えていないし、そんな可能性はほとんどないことぐらい分かっている。だけど、サミュエルの驚いた顔を見ていると、何だか不思議と気分がよくなる。

居心地がいい、とはこういう人の側にいることを言うのだろう。

「ううん、私となんて関わってないほうがいいよ」

私の言葉に、サミュエルは驚いたように目を見開いた。その表情から、サミュエルの優しさが伝わってくるようで、私はキリッとした胸の痛みを感じる。

「何でそんなことを？　俺はそうは思わないよ」

「ううん。だって、こんな私に親切にしてくれるあんたにだって、私は邪魔だと思ってしまう。……何で攻略対象者でもないモブをアンナが選んだんだって」

サミュエルは複雑そうに顔を歪めながら、そのまま口を噤んだ私に、黙って寄り添ってくれた。

4章　ドラゴンの力

王宮に滞在して1週間、私はルイ様に誘われて王宮の一室にいた。

「ラシェル、綺麗だ」

頬を紅潮させ、鏡越しに私の姿を捉えたルイ様は、嬉しそうに破顔した。

鏡の中には、純白のドレスを纏った自分の姿。刺繍や飾りはなく、まだ仮縫段階のシンプルなドレス。それでも、デビュタントのドレスとは少し違う、パール混じりの光沢感のある真っ白なドレスに身を包むと、自然と背筋が伸びる。

「まだまだ改善の余地はあるとはいえ、ウエディングドレスを着る君を見られるなんて、幸せ以外の何ものでもないよ」

「ルイ様……」

「何といっても、私のたった1人の妃になる人だからね」

頬に手を添えられ、至近距離で見つめられると、自然と顔が熱くなる。だが、ルイ様はおでこがくっつくのではないかと思うほど、間近で私の顔を覗き込んだ。

「そんなに近いとドレスが見えませんよ？」

「……ははっ、確かにラシェルの言う通りだ。ドレスも綺麗だけど、ラシェルの美しさには敵わないからさ」

照れ隠しの私の言葉に、ルイ様は目を丸くすると、楽しそうに声を上げながら笑った。つられるように眉を下げた私の目に、ルイ様の顔越しに鏡が入ってきた。その鏡に映る私たち以外の人物の姿に、ハッとする。

私たちの様子に目尻を下げながらニコニコと微笑む中年の女性は、このドレスのデザイナーだ。彼女は私の視線に気がつくと、「仲がよろしいのですね。私のことはお気になさらず」と、手に持つ紙束を確認するように目を逸らした。

コホンッと私がルイ様に合図をすると、ルイ様は渋々といった様子で私から数歩離れ、顎に手を当てながら、私のドレス姿を改めてじっくりと見始めた。

「ここの肩から胸元にかけて、大きなフリルかリボンをつけてもいいかもしれないね。もしくは袖にボリュームを出すか」

ルイ様の言葉に、デザイナーは紙束の中から一枚を取り出し、ルイ様に見せた。

「殿下、ではこのようなデザインの取り外し可能なパフスリーブなどはいかがでしょうか」

「うん、それもいい案だ」

ルイ様とデザイナーは、多様なデザインがまとめられたノートやテーブルに広げられた沢山の布や糸を確認しながら意見を出し合っている。２人の熱量の高さにとても口を挟《はさ》める状況ではなく、私はサラに着替えを手伝ってもらい、意見を出し合うルイ様とデザイナーのやり取りを見守っていた。

ようやく意見がまとまったのか、デザイナーは目を輝かせて「なるほど！　すぐに形にしなくては！」と意気揚々と荷物をまとめ始めた。

「では工房に戻り次第、改めてデザイン案を数点検討してきます」

「あぁ。引き続き頼む」

「もちろんです！　腕が鳴りますね！　では、失礼します」

ウキウキと楽しそうな様子で退室するデザイナーを見送りながら、私はルイ様と共にソファーに体を沈めた。ルイ様はデザイナーの置いていったデザインノートをパラパラとめくっている。その横顔はどこか嬉しそうで、こちらまで幸せな気分になってしまう。

「お忙しいのに、このように私につき合ってくださり、ありがとうございます」

「いや、今日の試着を楽しみにしていたのは、私のほうだよ。まだ仮の段階なのに、こんなにも美しい姿を見られるなんて……。侯爵に今のラシェルの姿を見せたら、やっぱり嫁に出すのはやめると言われかねない。……くれぐれも侯爵には内密に。当日まで見せてはいけないよ」

「ふふっ、分かりました。お父様にも秘密にしておきます」

父のごねる姿は私自身、容易に想像できる。そんな父を窘める母の姿もセットだろう。私はその想像にクスクスと笑みを漏らしながら、口元に人差し指を当てた。

ルイ様はそんな私に目尻を和らげながら、デザインノートをテーブルに置くと、ソファーの背もたれに体を預けながらふうっと息を漏らした。

「皆に見せびらかしたい気もするのに、自分以外がこの姿を目にすると思うと、嫉妬《しっと》で狂ってしまいそうだ」

「あら。嫉妬深さでは、私のほうが上だと思いますよ」

何といっても、私は嫉妬深さで一度ルイ様と婚約破棄までしてしまったのだから。だが、ルイ様は色っぽい視線をこちらに向けながら、膝の上に置いた私の手を握った。

「ラシェル、まだ君は分かってないんだね。私の腕の中に落ちてきてしまった君は、何があろうとも逃げ出すことなんてできないんだよ。本当はラシェルを隠して閉じ込めてしまいたい欲望を、これでも相当我慢しているんだから」

熱っぽい視線は、ルイ様が言うように、本当に私を縛ることができてしまいそうなほどだ。

だが、そんなルイ様の言葉も視線も、私にとっては胸を高鳴らせる理由になっている。

この視線にだったら永遠に捕らわれてもいいとさえ思ってしまう私は、既にルイ様から離れるなんて想像を1ミリさえもしていない。

「……では、何があっても手を離さないと約束してくれますか？」

ルイ様は私の表情に、驚いたように息を飲んだ。きっと、私が今何を考えているのか理解したのだろう。ルイ様は、ギュッと力強く私を抱き締めた。

ルイ様の温もりを感じるように胸に顔を寄せた私に、ルイ様はさらに腕の力を強めた。

「もちろん。運命なんてものにだって、ラシェルを渡すつもりはないよ」

囁くような小声にもかかわらず、ルイ様の声は私の心の奥底まで響いてくる。まるで私の不安を全て払拭させるように、強い声だった。

◆◇◆◇◆

「ルイ様……。サミュエルから聞いた話、本当なのでしょうか」

サミュエルから聞いた皇女殿下の過去。驚いたと同時に、彼女の違和感がはっきりしたことで、皇女殿下という人物が鮮明になった。

「アンナさんたちの前世の世界は、なぜこの世界と類似しているのでしょうね。ただのゲームだと無視するのは簡単ですが……。そんな運命の相手だなんて……」

そのゲームの世界において、私の運命がルイ様と繋がっていないことなんて重々承知だ。今

ルイ様と一緒にいられることこそ、奇跡なのだということも。

それでも、精霊の地で見た並行世界の光の中に、もしかしたらトラティア皇帝と結婚する世界があるのかもしれない。そんな想像をするだけでゾッとする。

「私は、運命は決まっているものではなく、自分の手で作るものだと思う。だけど、もしラシェルの運命の赤い糸が私以外に繋がっていたとしたら、そんな糸なんて一瞬で切り刻んで燃やしてしまうかな」

「相手が大陸一の強さを誇る皇帝でも、ですか？」

「あぁ。神だろうが悪魔だろうが、どんな相手でも」

フッと笑うルイ様の顔には、幼い頃から天使と持て囃された面影はない。世界を守る勇敢な騎士のような気高さでもあり、本当に世界を滅ぼしかねない危うさを秘めた王のようにも見える。

それでも、ルイ様はこうして言葉にしてくれることで、私の不安の芽を、育つ前に摘み取ってくれる。

「だが、皇女には随分と手を焼くな。あれからもしつこくラシェルに絡んでくるのだろう？」

「……そうですね。私はいいのですが。ルイ様とアンナさんを2人っきりにしようと、閉じ込められた時には困りましたね。すぐにサラが気がついてくれたのでよかったのですが」

先日の出来事を思い出し、苦笑する。サミュエルに話してからの皇女殿下は、何かが吹っ切れたように大胆な行動をとるようになった。ルイ様と私の逢瀬《おうせ》を邪魔したり、アンナさんとルイ様をくっつけようと暗躍したり……。

それでも、猪突猛進《ちょとつもうしん》だからこその危険はあれど、誰かを巻き込んで行動するといった狡猾《こうかつ》さはない。

「あれはさすがに目に余る行為だったな。キャロル嬢が、何かとスチルだとかイベントだと喚《わめ》いていた時期も困ったが、まさか学園を卒業してからも、同じようなことになるとは……」

「でも、この間、アンナさんとサミュエルにかなり強めに叱《しか》られてからは、随分と大人しくなりましたよね」

「このまま諦めてくれるといいのだが……」

頬を掻いたルイ様もまた、皇女殿下の独りよがりな行動には注意を向けつつも、対帝国としての危険度の重要性は別にあるようだった。

「……皇女殿下の気持ちも分からなくはないのですが、トラティア皇帝を止める術は、他にないのでしょうか」

「あぁ。この国は、帝国から随分と離れているとはいえ、皇女の語る皇帝は随分と恐ろしい人だ」

「ただ、正直……ドラゴンのことがバレたのではなかったことは、不幸中の幸いかと思います。

留学の目的が私なのであれば、私とルイ様の結婚が確固たる今、あと数カ月もすれば諦めざるを得ないのですから」

「……そうだね」

困ったように眉を下げつつも、不安そうに瞳を揺らすルイ様の表情に、どうしたのだろうかと首を傾げた。

「さっきの話だけど……ラシェルは？　もし、他の人と幸せになる未来があるとしても……私だけを選んでくれる？」

「当たり前です！　そもそも、他の人とではなく、ルイ様とだから幸せな未来があるのです。私は、ルイ様と一緒にいられることが何よりも幸せなのですから」

「ありがとう、ラシェル」

いつだって私の手を握り、引っ張ってくれるルイ様だが、きっと不安だってあるのだろう。私はそんなルイ様が不安の欠片を少しでも私に見せてくれたことが嬉しくなる。

力強く頷く私に、安心したようにホッと胸を撫で下ろすルイ様がふにゃりと柔らかい笑みを浮かべた。

「約束する。必ず、君が私を選んでよかったと、そう思える人生をつくると」

「はい、ルイ様。一緒に幸せになりましょうね」

繋いだ手から流れ込む温もりは、私にとって安らぎであり、ときめきだ。この幸せを絶対に手離さない。そう心に決めながら、私はルイ様の優しい温もりを受け取った。

◆◇◆◇◆

あっという間に王宮で過ごす日々が終わり、私はまたマルセル侯爵邸での生活に戻った。お父様には随分と喜ばれたが、ルイ様が我が家を訪問する日を増やすと、苦虫を噛み潰したような顔になった。

皇女殿下は相変わらず、幼稚な嫌がらせを繰り返すが、私の持ち物に《婚約破棄しろ》といった落書きや、ルイ様の前で私の悪口を言いふらす程度であるため、ダメージはほぼない。

リュート様は相変わらず、皇女殿下の振る舞いを注意しながらも、手助けなどをする素振りはない。ただ純粋に魔法学園での学びを楽しんでいるようにも見える。

そんな日常の中、私とルイ様の結婚式の準備は着々と進んでいった。仮縫い段階だったウエディングドレスも、完成まであと僅かだと連絡も来た。

魔法学園の新学期から3カ月が経ち、新たな試みを始めた学園も随分と落ち着き、季節はあっという間に夏休みの時期になった。

ほとんどの留学生たちは長期休暇に合わせて国へと帰り、王都のタウンハウスに住む貴族の大半が、社交シーズンを終えて、一時領地へと戻っていった。賑やかだった王宮内も、久しぶりに静かで平穏な日々を迎えた。

それでも、リュート様と皇女殿下は、帝国まで距離が遠いことからデュトワ国に残っているため、私が気を抜くわけにはいかない。

それに、最近の皇女殿下の様子も気がかりの一つだった。今までの可愛らしい嫌がらせがパッタリと収まってしまったのだ。サミュエルやアンナさんと定期的に料理を作ったり、デュトワ国見物に出かけたりしていたのも、最近は全て断ってしまっているらしい。

皆皇女殿下の暴走には困惑しつつも、あの明るさに癒されていた部分もある。私もその1人だ。

夏休みに入ってから、自室に籠《こも》ってしまった皇女殿下を何とか王都の郊外にある離宮に連れ出せたのは、夏とはいえ比較的気温の高くない、過ごしやすいとある日のことだった。

馬車に揺られながら、ぼんやりと外を眺めている皇女殿下は、どこか浮かない顔をしていた。

「皇女殿下、体調は大丈夫ですか？　今日は大分《だいぶ》過ごしやすい陽気ですが、ここ最近、随分と暑さも増したので、体調不良になる人も多いそうですよ」

「別に」

「……そ、そうですか。でも、何かあればすぐに教えてくださいね。離宮は王都の外れ。休憩を挟んでも2時間はかかってしまいますから」

「……大丈夫」

話しかければある程度の返事はちゃんとしてくれるが、かつての賑やかさを一切感じさせないほどに沈黙を貫く皇女殿下に、私は不安が増す。

これまで、私への態度は全く好意的ではなかったが、それでも今日はここに行った、あれをした、と悪態を吐きながら自慢げに語る皇女殿下は元気いっぱいで、明るい笑顔を振りまいていた。

——こんな元気のない皇女殿下を見るのは初めて。

皇女殿下には沢山振り回されているが、それでも表情を消したように、何に対しても反応のない姿に、思わず心配になってしまう。

それでも何度も話しかけていると、徐々に返事にも時間がかかるようになり、自然と私の口数も減っていく。馬車の中は重い空気のまま、ガタゴトと揺れる音だけが響いた。

「皇女殿下、この森を進むと離宮に到着するようですよ」

「……この森」

いつの間にか周囲は、王都の賑やかな市街地から一転、深い深い森へと変化していた。すると、ぼんやりと外を眺めていた皇女殿下の表情が僅かに変化した。

皇女殿下の元気がないとアンナさんに相談した際、アンナさんから勧められたのがこの離宮だった。どうやら、王家所有のこの離宮はゲームの世界に出てくる重要なイベントの場所らしい。深い森の中にひっそりと静かに佇《たたず》む離宮は、王家の者でも滅多に訪れない場所だ。というのも、王都内に点在する離宮の中でも、この場所は遊びにいくことを目的にはしていないからだ。以前、ルイ様が私を連れていってくれた花の離宮などと違い、ここは療養や気分転換には適さない。

見張り台の離宮と呼ばれるこの場所は、森と川に囲まれ、隠されるように存在する。周囲は石造りの頑丈な門で覆われており、離宮内には質素で小さなレンガ造りの屋敷と、王都内で一番高い塔があるのみ。

綺麗な庭園も、教会も、噴水さえもこの場所にはない。

――なぜ、このような場所がイベントとやらに選ばれたのかしら。

大きな門から塔まで一直線に進む馬車の中で、私は内心首を傾げた。

それでも、皇女殿下の表情は、塔に近づくにつれて僅かに目が煌めいた。

「ここが……本物の見張りの塔」

呟いた皇女殿下は、感動したように声を震わせた。

デュトワ国の貴族令嬢として生まれ育った私にとって、ここはあまりに縁遠い場所だ。もし私が男児に生まれ、騎士を目指していたのなら、違った感動を持つのかもしれない。

この場所は今より昔、戦禍の時代に見張り台として使用されていた。王都を一望できるこの場所から、敵の様子を確認したそうだ。

そして、２００年前の戦では、この森まで敵の侵入を許したにもかかわらず、勇敢な騎士でもあった王子が、己が命をもって敵を食い止めた。その歴史があるからこそ、ここは王家の男児にとって、そして騎士にとって、我こそがこの国を、王都を守るのだ、と志を強くする場所なのだそうだ。

皇女殿下の顔をそっと窺い見ると、彼女は目を閉じて微笑んでいた。きっとゲームにおいて、この場所では、素晴らしいストーリーがあったに違いない。

胸をときめかせ、夢を描けるような物語が。彼女にとってゲームの世界は、どこまでも色鮮やかで美しいのだろう。

「ここ、登れるの？」

「ええ、入りましょう。ちゃんと許可をもらっていますから」

塔の警護をしている騎士たちには、既に殿下から話が行っていたようで、彼らは木製の２メートルほどのドアを開けて私たちを中へと招き入れた。

「えっと、確か最上階まで登れる魔道具が設置されているのよね？」

私たちを中へと案内してくれた騎士に尋ねると、騎士は「そうです」と頷く。

「この柵の中に立ち、柵《さく》に備えつけられた紺色の魔石に魔力を込めれば、最上階まであっという間に到着します」

騎士は螺旋《らせん》状の階段の隣にある、1メートルほどの小さな大理石の上に立つように言った。柵に囲まれているとはいえ、ここにいるだけで、見上げた遠く先の最上階に本当に着くのだろうか。

「私は毎日作動を確認するために乗っておりますが、特に問題が起きたことはありませんので、ご安心ください。魔道具も定期的に錬金術師が検査を行っておりますから」

「そうなのね。初めてだから、少し心配になってしまって。教えてくれてありがとう」

騎士に礼を言うと、騎士は驚いたように目を丸くしながら、「い、いえ。では、外で控えております」と慌てたように深々とお辞儀をして、塔の外へと出ていった。

「皇女殿下、それでは参りましょうか」

「う、うん」

皇女殿下は緊張したように、キョロキョロと辺りを確認しながら柵の中へと入ってきた。皇女殿下が入ったことを確認し、私は先程説明された通りに魔石に魔力を込める。すると、足元の大理石が黒から白へと変化し、ゆっくりと動き始めた。

「まぁ、凄いですね！　螺旋階段の中央を抜けるように上がっていくなんて！」

石造りの塔は吹き抜けになっており、壁沿いには石の階段が最上階まで続いている。階段の途中には小窓やランプ、そして7や9など数字が書かれている。おそらく数字は階数なのだろう。

「まぁ、最上階は20階みたいですよ」

オルタ国の魔塔には負けるかもしれないが、それでもこの国で一番高い建物はこの塔に違いないだろう。

「着きましたね。降りましょうか」

「……この景色」

「あっ、ここから外に出られますね！　出てみましょうか」

石造りの塔の最上階は空が近いからだろう、随分と近い位置に夕日が見えるように感じる。

この最上階は他の階よりも狭い分、塔の外に出られるように1人分の出入り口があり、ぐるりと一周バルコニーがある。石の手すりから身を乗り出すと、その高さに身が震えそうだ。塔の周りに控えた兵たちが、親指ほどの小ささに見える。

夕日が徐々に傾き、群青色のグラデーションに見惚れた様子の皇女殿下は、石の手すりに両手を置きながら目を潤ませていた。――聞かずとも、皇女殿下が何を想像しているのかが伝わるようだ。

地上よりも高いこの場所は風が少しでも吹くだけで、髪が大きく揺れる。私は髪を手で抑えながら、遠く王宮のほうへと視線を向けた。

――きっと、あの場所で今もルイ様はお仕事をしているのでしょうね。

王都を一望できる場所から、愛しい人を思い浮かべると、この夕日のような温かさを胸に感じる。

「この離宮、私も来るのは初めてなんです。本来はまだ王家の一員ではない私は入れない場所なのですが、ルイ様が特別にと仰ってくれて。……今日、ここに来られてよかったです」

「……そう」

「ここもイベントとやらに関係する場所なのですよね。……よければ、教えてくれませんか？あっ、でも王家所有の場所なので、きっとルイ様に関係する場所ですよね」

となると、ゲームの物語の中でルイ様はこの場所に、アンナさんを連れてきたということになる。いくら作られた物語とはいえ、複雑な心境になってしまい、苦々しい感情を隠しきれない。

だが、皇女殿下は深いため息を吐くと、首を横に振った。

「……ここは、アルベリクのイベントだから」

「アルベリク殿下？」

突然出てきたアルベリク殿下の名前に、私は首を傾げた。ルイ様の弟君であるアルベリク殿下も、ルイ様との恋物語のイベントとやらに関係するのだろうか。

「兄への劣等感で苦しんでいたアルベリクは、そのままのあなたでいいと言って救ってくれたアンナへの恋心に気づく。そんなアルベリクが……ここで、アンナに対して騎士の誓いをするの」

「アルベリク殿下が……騎士の誓い、ですか？」

確かにアルベリク殿下は、以前はルイ様との関係が上手くいっていなかった。本人は植物が好きだったが、ルイ様への対抗心から剣の鍛錬《たんれん》を欠かさなかったと聞く。だとしても、まさか騎士の誓いをするとは。

——ルイ様やアルベリク殿下が聞いたら、おそらく物凄く驚くだろうな。

それに、私にはもう一つ疑問があった。なぜ、アルベリク殿下の話が急に出てくるのか、ということだ。

「あの……その物語は、ルイ様との恋の話なのではないのですか？」

「メインヒーローはルイだけど、何人もいる攻略者の中から好きな人を選んで、ストーリーを楽しめるの。……アンナから聞いてないの？」

「いいえ、そこまで詳しくは。……では、私の他にも悪役令嬢とやらがいるのですか？」

「いない。どのルートも邪魔してくるのは、あなただけ」

「えぇ……？　私、随分と忙しい役割を担っているのですね」

なるほど、並行世界のようにゲームの中では、主人公が選ぶ選択により物語が変化していくというのか。それにしても、邪魔者が私1人というのは、些《いささ》か納得できない。

「ルイ様との恋の邪魔をするのは分かりますが、他にまで出張ってくるなんて……物語の私は随分と酷い描写をされるのですね」

ついムッと眉を顰める私に、皇女殿下は「問題はそこ？」と呆れたように横目で私を見た。

「……変な人。よくあなたみたいな人が、悪役令嬢なんてできるわね」

「それは、物語を書いた人に言ってください。それに、私も色々経験して成長したところがありますから、その物語と今の私とは全く別の人物なのです」

「全く別、ね。アンナも、あなたも、ルイも。……みんな私に現実を見ろと文句を言ってくるでしょ」

皇女殿下は眉を寄せて、自嘲の笑みを浮かべた。

「文句とは少し違うかと。皇女殿下がその物語を大切にしている気持ちは伝わりますから」

「でもあなただって、私の頭がおかしいって思ってるんでしょ。物語を現実と勘違いした、空想の世界を夢見る奴だって」

皇女殿下は今にも泣き出しそうに顔を歪めながら、唇が切れてしまうのではないかと思うほど、強く唇を噛みしめた。

「おかしいなどと……そのようなこと、断じて思っておりません」

「思ってるじゃない！」

私の否定の言葉は、皇女殿下には伝わらなかった。皇女殿下は、苦しそうに眉を顰めながら、喉の奥から絞り出したような掠れた声で苛立ちを露わにした。

皇女殿下をどうにか宥めようと差し出した手は、パチンと大きな音を立てて払われた。

「私からしたら、あなたたちのほうがおかしいの！」

「皇女殿下……」

「だって、誰一人思った通りに行動してくれないんだもん！　何で、どうしてこんなにも違うの！　私の世界はどこにあるの？」

今にも泣き出しそうなほどに顔を歪めた皇女殿下は、大きな目に涙を浮かべた。

「皇女殿下の大好きなお話と、この世界がよく似ていることは分かります。だけど、私たちも皇女殿下も、今この世界で生きているのです」

「だから、ゲームから離れろってことでしょ。……知ってるよ。みんな私を説得しようと何度も言いに来たものね」

「……見ていただけませんか。物語ではなく、今の私たちを」

私の言葉に、皇女殿下は傷ついたように呆然とした瞳でこちらを見た。

「だって、それを認めたら……あなたたちが、違う未来を生きていると認めたら……」

皇女殿下は何かに怯えるように、自分の手で両腕を抱いて俯いた。

「皇女殿下の恐れていることを、私に教えていただけませんか？　一緒に違う道を探っていきましょう。みんなが、皇女殿下が幸せになれる道を」

「……幸せ？」

ポツリと呟いた言葉は、嘲笑《ちょうしょう》を含んでいた。

「私の幸せが何か分かる？」

「えっ……？」

「生まれてからずっと、夢を見ることさえできなかった。……私にとっては、地獄の毎日が当たり前だった。その日、1日を生き抜くのがどんなに難しいことだったのか知らないくせに」

皇女殿下の瞳には、怒りと憎しみの炎が燃えているように見えた。

「初めて見ることができた幸せな夢は、たった一つ。ゲームの世界だけ」

皇女殿下の言葉にハッとする。

「知らなかった幸福がそこにはあったの。その夢を見ることだけが、私の生き甲斐だった。私の生きる力だった。それを信じてきたから、私は生きてこられたの」

絞り出すような悲痛な声に、胸が締めつけられる。

皇女殿下が、唯一家族の情を抱いていた乳母を殺されても、それでも未来を信じ明るさを失わなかったのは、おそらくゲームの世界があると信じていたから。

その信じていたものを否定され、現実を見ろと言われ続けたら、それは自分の過去を、自分自身を否定されているのと同じだろう。

「私の信じてきた過去をぐしゃぐしゃにして、私の……私の未来を奪っていくのは、あなたたちじゃない！」

皇女殿下もまた、私たちが言葉を重ねるたびに、何度も現実を見ようとしたのかもしれない。

だが、そのたびに皇女殿下の心はズタズタに傷ついてしまったのだろう。

自分のたった一つ信じてきた、描いていた未来が、託した本人たちに否定されてきたのだから。

私は皇女殿下の背中にそっと手を這わせる。

「皇女殿下、あなたを傷つけてしまったこと、本当に申し訳なく思います」

だが、皇女殿下がこちらへと向けた視線に、私は愕然とした。それは、今までのような嫌悪感などとは次元が違う、憎しみの色だったから。

「離して！　私に触らないで！」

皇女殿下は、両手で力一杯に私を押した。思わず「きゃっ」と声を上げてその場に尻餅をついてしまう。それでも、皇女殿下はこちらに一切視線を向けず、怒りに震えながら、肩で大きく息をしている。

「皇女殿下、誤解です。……時間ならありますから、どうか落ち着いて……ゆっくり話しましょう。そこは危ないですから、こちらに」

「やめて、やめて！　もう私に何も言わないで！　もう苦しいのは沢山！」

まるで私の声など一切聞きたくないと言わんばかりに、皇女殿下は両耳を塞ぐと激しく首を振りながら、ジリジリと後ろへと下がった。

塔の最上階は腰の高さほどの石の手すりしか体を支えるものはなく、あまり大きな動きをとっては大惨事に繋がりかねない。私は激昂《げきこう》している皇女殿下を刺激しないように、落ち着いたトーンで声をかけ続けるが、皇女殿下は目と耳を塞ぎ喚くばかりだった。

「別にあなたに死ねって言ってるわけでも、苦しめって言ってるわけでもない！」

「分かっています。皇女殿下、どうか話を」

「もう嫌、何も話したくないの！　みんな、みんな、どうして本来の姿から離れようとするのか分からない。だって、それがみんなが幸せになれる道なのに。どうして誰も分かってくれないの！　どうして」

皇女殿下の悲痛な声は、叫び声のように私に届いた。本人でさえ自分の感情を制御できず、混乱しているのだろう。

――本当にそれが幸せになる道だと信じてきたのだと思う。だけど、本当の幸せを知ってしまった今、どれだけ皇女殿下に同情しようと、私がそれを受け入れることは絶対にない。

私が沈黙を貫くと、皇女殿下はさらにブツブツと独り言のように呟く。私はできる限り、皇女殿下を刺激しないように、手すりから彼女を離す方法を探した。

「ねぇ、何で婚約破棄してないの？　何で森で暗殺者たちに狙われてないの？」

「……暗殺者？　なぜ……」

「何でトラティア帝国に逃げてこなかったの？」

彼女の呟きが耳に届き、ハッとする。確か、アンナさんは物語のラストで、悪役令嬢である私はルイ様に婚約破棄されて修道院へと向かう、という描写がされていると言っていた。それは私の1周目の生と同じラストだ。

けれど、皇女殿下はなぜ私の本当の終焉を知っているのだろうか。――私が賊だと思っていたのは、ミネルヴァ王妃が差し向けた暗殺者であり、彼らに襲われた事実を。

「……でも、私は助かっていない。あの者たちに殺された」

心の中で考えていたことが口から漏れたことに気がつきハッとする。すると、今まで耳を塞いで俯いていた皇女殿下が、視点の合わない虚《うつ》ろな目でこちらを見た。

「本当であれば、森で襲われたあなたは命からがら逃げ延びる。辿り辿って戦下の他国で、トラティアの皇帝陛下に会うはずだった。彼はそのままあなたを国に連れ帰る」

「……こ、皇女殿下。目が……」

「それが本来の正しいストーリー。そうでなければいけなかったの」

オレンジの空はいつの間にか、その大部分を群青色に覆われている。だがそれでも、光を失った目が何色をしているのかは、はっきりと分かる。

「私、言ったはずよ。あなたの運命の相手は他にいるって」

彼女のピンク色の愛らしい瞳は、その姿を変え赤紫色へと変化していた。だが、当の本人はその変化に気づいていないのだろう。彼女の怒りは止まることがなく、恐ろしいほど攻撃的なエネルギーを纏っていた。

「幸せそうなあなたには分からない！　この留学は半年というタイムリミットがあるのに……あと半分しかないのに。あなたはルイと結婚するし、リュートは私のしたいことに協力してくれない。この国に来たばかりの時は、楽しくて幸せで、ずっとこんな平和が欲しかった。なのに、なのに」

皇女殿下が叫ぶように怒りを露わにするたびに、パチンパチンと耳鳴りがする。その音に激しい頭痛がし、私は頭を押さえながら、手すりに手をついて、どうにか体を支える。

――皇女殿下の目の色が変わったと同時に、空気までもが変化した。禍々しいものが皇女殿下を包むようで、めまいがする。

「また元の暗くて怖い場所に戻らなくてはいけないなんて。あの悪魔がいる場所で、いつ死ぬか分からない日々を送らなければいけないなんて。私……私」

「皇女殿下……」

「可哀想だと思ったでしょ。酷い国だと思ったでしょ。だったら一緒に来てよ！　あの国をどうにかしてよ！　何であんたにできることをやってもくれないの！　自分だけ幸せだったらそれでいいの！」

「違っ……」

「死ぬのは怖い。でも生きてるのも苦しい。じゃあ、私どうすればいいのよ」

皇女殿下の叫びは、彼女自身を飲み込んでしまいそうなほどの巨大な魔力を纏っている。少しでも近づけば、その攻撃的な魔力に弾き飛ばされてしまうだろう。

――この魔力は一体……。何なの？　こんなにも全てを破壊してしまうほどの魔力を私は知らない。これが、龍人の血が流れるというトラティアの魔力？

もしかして、サミュエルが言っていた皇族の能力開花というのは、この魔力のリミッターが外れた状態をいうのだろうか。だとしたら、これが龍人の本当の力だというのなら……。こんな魔力を持つ者たちに、どうやって立ち向かえばいいのだろうか。

おそらく、皇女殿下自身の中に眠っていた魔力が溢れ出し、彼女自身も制御できないのだろう。それでも、このまま放っておくことはできない。

「皇女殿下、どうか、どうか私の話を聞いてください」

懇願する声は、皇女殿下には届かない。彼女の悲しみと怒りが混じった叫びは、必死にもがいて誰かに助けを求めているというのに。それなのに、私は足がすくんで上手く前に進むことができない。それでも手すりを伝いながら、何とか皇女殿下に近づこうとする。

皇女殿下の魔力が漆黒の渦のように、彼女自身に纏わりつき、そこから突風が吹き荒れる。それは、彼女を守ろうとしているのか、私が少しでもその黒いモヤに触れれば、それは忽《たちま》ち鋭いナイフのように斬りつけてくる。

「痛っ」

黒いモヤと吹き荒《すさ》ぶ突風により視界が悪く、近づけば近づくだけ、攻撃は鋭くなる。ドレスは所々を切り裂かれ、肌が出た手首に切り傷を作った。流れる血にも意識を払う余裕がない。

「もう全部終わらせたい」

荒々しい魔力とは別に、彼女の呟きはか弱く、今にも消え去ってしまいそうだった。静かに涙を流しながら、手すりに手をかける。今の皇女殿下はまるで、今すぐにも飛び降りてしまいそうに見え、私は心臓が飛び出そうになり、驚きに声を上げる。

「皇女殿下！　それ以上身を乗り出してはいけません！　今がどれだけ苦しくても、いつか……」

「いつか？　そんないつかなんて可能性、私には存在しなかった。希望も未来も描けない、そんな場所しか私は知らなかったの。地獄を知らない人の理想論なんて、語られるだけで虫唾《むしず》が走る」

「違います。生きていることの尊さを身をもって知っているから。……だから！」

必死の説得も虚しく、皇女殿下の魔力で作られた黒いモヤは形を変えて彼女を包み込む。そして、彼女の意に沿うように、皇女殿下を持ち上げると、手すりの上へ立たせた。その場所は少しでも風が彼女の体を押せば、体勢を崩して塔の下へと真っ逆様になるだろうことが容易に予想できる。

「な、何をなさるつもりですか。さぁ、こちらに手を！」

焦って手すりに駆け寄ると、やはり皇女殿下の魔力は容赦なく攻撃の手を緩めない。それでも私は、そこかしこに新しい切り傷ができているだろうことも構わず、ズキズキと痛む体を一刻も早く皇女殿下の元へと走らせた。

必死に手を伸ばす私の手が、一瞬皇女殿下の指に触れた瞬間、皇女殿下はハッとしたようにこちらを見た。

驚きに瞠目する皇女殿下と視線が合った瞬間、皇女殿下の赤紫色へと変化した瞳は、再びピンク色へと戻った。

だが、それも束の間。

「もう、私……頑張れないよ」

悲しそうに眉を下げながら、僅かに微笑んだ皇女殿下の瞳は、再び闇を纏う赤紫色へと戻る。

天を仰いだ皇女殿下は、両手を広げて目を閉じる。

「皇女殿下！」

私の叫び声と同時に彼女は、空を飛ぶようにその身を投げ出した。

——そんなこと、させない！

これでもかというほど手を伸ばす。どうか、届いて。間に合って——。

手すりを持った右手で自分の体を全て支えながら、可能な限り身を乗り出す。すると、パシンッと音を立てながら、私の手は皇女殿下の手を何とか掴むことができた。

それでも油断はできない。手を握ったことで、皇女殿下の魔力はパチパチと体中に雷が落ちてくるような強い衝撃を与えてくる。全身にダメージを負いながら、少女とはいえ一人の人間を持ち上げるほどの力が私にあるだろうか。

全身から汗が滴り、常に痛みを与えてくる黒いモヤの苦痛に顔を歪める。それでも、諦めるなんてことはできない。

「……何で」

想像していた衝撃が来なかったからだろう。皇女殿下は何が起きているのか分からないというように、呆然とした表情を浮かべた。

「ラシェル……？」

驚きに目を開けた皇女殿下は、恐怖と安堵、そして苦痛の色を露わにした。だが、すぐにその顔は焦りへと変化する。

「な、何で……何で私を助けようとしてるの……」

「何でって、そんなの助けるに決まっているじゃないですか！」

「だっ、だって……私、私……あなたに酷いこと、沢山言った……」

「私だって、皇女殿下を……沢山苦しめてしまったのでしょう？　……だったら、おあいこ……です」

私の言葉に皇女殿下は、大きな目をこぼれ落ちてしまいそうなほどに見開いた。

混乱したように「なぜ」「どうして」と繰り返す皇女殿下は、自分を助ける人がいるという事実にただただ驚いているようだった。

「あなたは、私が死なせません」

キッパリと言い放った私に、皇女殿下は唇を震わせた。

「どうして、ラシェルがそこまで……」

「理由なんていらない。……私が、今、あなたを助けないと、後悔するから。あなたは、大人しく……私に助けられて、ください」

握った手をさらに強く握りしめると、皇女殿下の顔が歪み、涙が1粒流れ落ちた。

「手を離して。このままでは……あなたまで」

弱々しい力で私の手を逃れようとする皇女殿下は、額から汗が滴り落ち、苦痛を隠せない私の表情に焦りを見せた。

「苦しいまま……全てを、終わらせる……なんて、させません」

「ラシェル、ラシェル！　離さないと、あなたまで」

涙をポロポロと流し、こんな時でも私の心配を口にする皇女殿下は、きっと本来は誰よりも優しくて温かい人なのだろう。

「楽しいこと、嬉しいこと、もっともっと、あなたは経験する権利が……あります」

たった12年。そのほとんどが辛く苦しい時間。自分の味方はほとんどおらず、暗く寂しい真っ暗闇にいたこの少女が、人生の全てを分かったように悟って、自分の意思で生を諦めるだなんて。

そんなこと、あってはならない。

ゲーム通りにいかなかったから？　救世主が現れないから？　だからといって、今後の未来に今の状況が一変する何かを見つける可能性がないとは言い切れない。

道は一つしかないと思っているのだろう。けど、そんなはずは、ないのだから。

「皇帝陛下が……怖い、なら。……逃げれば、いい」

「逃げるって……どこに！」

ズシンと一層下へと引きずられる体を何とか支えながら、私は皇女殿下に微笑みかけた。きっと上手く笑えていないだろうが、それでも少しでも彼女が安心できるように。

「……どこでも。好きな……ところへ」

皇女殿下はこの国に留学して知っただろう。私がマルセル侯爵領で過ごした日々のように。

自分が思っていた世界なんて、自分が信じる全てなんて、人も場所も国も違えば、真逆の価値観を持つのだと。

生まれた場所、地位が特殊であればあるだけ、世界は狭くなるものだ。だけど、その世界が全てではない。

信頼する恋人、友人……そんな人と笑い合い、泣き合い、沢山の経験をしてようやく本当の自分自身の人生を見つけることができるのだと思う。

まだ夢や希望を持つ命があるのなら、辛い場所から逃げたっていい。他人の人生さえも背負おうとして人生を諦めたいと思うのなら、自分の幸せだけを信じてみればいい。

――それに、少女の中の美しい記憶が、全て空想の中でしかないなんて……そんなの悲しすぎる。

「それに、作られた恋物語だけじゃなく……本当の、あなたの、恋だって……始まるかもしれないじゃないですか！」

恋物語に胸をときめかすのも素敵だろう。だけど、私はいつかあなた自身が特別な人と出会い、愛する誰かが現れる奇跡を信じてもいいのではないかと思ってしまう。

「全部やり切って……やり尽くしてから、ようやく終わりを見てください」

どうせ死ぬのなら、こんな場所じゃなく、温かいベッドの上がいい。理想を語るなら、愛する人や家族に見守られながら、幸せな記憶に浸《ひた》りながらがいい。

どうせなら、ルイ様の温かい手を握り、彼に頭を撫でられてからがいい。よく頑張ったねって褒めてもらってからがいい。

もう二度と、あんな寒くて冷たくて、苦しい死に方なんてごめんだ。だから、だから。私も、皇女殿下も、死に場所がこんな場所でいいはずがない。死ぬ時がこんな……こんな……。

「今は、まだその時じゃない！」

「ごめんなさい……ごめん……」

力の入らない手で懸命に引っ張り上げる。だけど、なかなか上手くいかず、徐々に汗で手が滑り始める。皇女殿下も私の限界に気づいたのか、泣きじゃくりながら「お願い、お願い」と顔を歪めて懇願する。

「やだ、あなたまで死んじゃダメだよ」

――私は死なない。そして、あなたもこんな小さな命で、消えていいはずがない。

だけど、悔しいな。手の力がもう残ってない。ゆっくりゆっくりと重力で下へと下がっていく。同時に、皇女殿下の指が離れそうになる。

涙でぐしゃぐしゃになった皇女殿下の顔に、12歳という幼い年齢で終わらせるわけにはいかない、と、なくなりそうな手の力を必死に込める。

その時、手すりに置いた2人分の体重を支えた手が、ガクンと一瞬のうちに力が抜けた。と同時に、支えを失った私の体は、簡単に体勢を崩すとそのまま皇女殿下の体に引っ張られるように、塔の最上階から真っ逆様に落ちていく。

――そんなっ！

まずい。そう思った瞬間、世界がスローモーションのように見えた。驚愕に目を見開く皇女殿下の顔、それでも離すまいと皇女殿下の手を握りしめる私の手。そして、ここにはいないルイ様の笑顔。

もう二度と後悔を抱えた死など迎えない。そう思っていたのに、軽率な私の行動がルイ様を悲しませる結果になるなんて。

――いや、いや、いや！　もう二度とルイ様に会えないなんて……そんなの嫌！

その瞬間、皇女殿下の手を握った私の左手首から、パァッと眩い緑の光が溢れ出した。

その緑の光は一瞬のうちに、純白の光を纏ったものへと変化すると、夜空に向かって立ち昇っていった。

だがすぐに、真っ白い巨大な光は、私たち2人を飲み込むようにこちらへと急転換する。その勢いに思わず目を閉じると、真っ逆様に落ちていった私の体は、風を切るようにふわりと柔らかい布団に包まれる感覚がした。

そして、すぐに体が舞い、気づけば自分が空を飛んでいる感覚がする。

恐る恐る目を開けると、私は本当に空を飛んでいた。

「……ドラゴン？　そんな、まさか……」

落ちるはずだった私と皇女殿下は、今大きな翼を広げた真っ白いドラゴンの背に乗り、夜空という海を泳いでいた。

私同様に、何が起きているのか混乱している皇女殿下は、必死に私の体にしがみつきながら、パクパクと口を動かすのみで声を失っている。

ドラゴンは夜空を気持ちよさそうにぐるりと回ると、私たちが先程までいた塔の最上階に体を寄せた。

「ここで降りろということ？」

わけも分からぬまま、私は体に力が入らない様子の皇女殿下を支えながら、先程身を投げた塔の中へ転がるように落ちた。ガクガクと膝が震え、全身から一切の力が入らない。

それでも、ドクドクと心臓の音が耳まで聞こえてくるような激しい鼓動で、自分がまだ生きていることを知って、ようやく安堵のため息を吐いた。

「助かった……ということなのかしら。それにしても、このドラゴンは……」

再び空を自由に泳ぐドラゴンを塔の上から眺める。全長5メートルほどだろうか。真っ白いドラゴンの体は、闇夜によく映《は》える。

左手のバングルに視線をやり、そっと触る。すると、頑丈なはずのバングルに深い傷ができているのに気がつく。もしかしたら、皇女殿下の魔力に触れたことで傷がついたのだろうかと思ったのも束の間、バングルはボロボロと崩れ落ち、光の屑《くず》になって空へと昇っていった。

光の行方を目で追うと、その先には自由な体を楽しむように悠然と空を舞うドラゴンの姿。

「ドラゴンは絶滅したはず。続編にだって、ドラゴンは出てこなかった」

未だ私の体に抱き着いたまま、呆然と空を見上げる皇女殿下の呟きに、私は再びドラゴンへと視線を移した。

「何が起きているの……」

「あのドラゴンは、過去の闇の聖女が封印していたものです。その封印を私が解いてしまったようなのですが」

「封印ですって！　ドラゴンを？」

「……本当に皇女殿下はご存知なかったのですね。もしかしたら、皇女殿下とリュート様の留学は、私がドラゴンの封印を解いてしまったことを知り、それを調べるためかと思っていたのです」

皇女殿下の言葉を失った驚きの顔に、本当に彼女は私のバングルについてもドラゴンについても、何も気がついていなかったことを知る。

本当ならば、永遠に知られずにいたかった。だけど、王都の外れとはいえ、隠しようのない巨大な龍が天上に現れたのだ。この姿を捉えた人たちは、一人二人ではない。

——こうなってはどうしようもない。

おそらく、頭上に現れたドラゴンをリュート様も知るだろう。間違いなく帝国に伝わってしまう。そう遠くない未来、トラティア皇帝が攻め入ってくる可能性がある。

「一刻も早く王宮に戻らなくては……」

ルイ様に報告し、今後の対策を練らなくてはならない。塔から降りるために階段へと向かおうと、私は皇女殿下の体を支えた。だが、皇女殿下はドラゴンから一切視線を外すことがない。

「あのドラゴン、様子がおかしい」

「えっ？」

「制御を失ったみたいな動きをしてる」

皇女殿下の呟きに、私は慌てて空を見上げた。すると、皇女殿下の言葉通り、ドラゴンは空中をグルグルと激しく回り、どこか苦しそうに激しく体を波打たせている。

「あ、危ない！」

皇女殿下の叫びと同時に、ドラゴンはその大きな体から勢いよく炎を吐き出した。その威力はあっという間に、離宮周辺の木々を燃やし尽くすほどだった。

それでもドラゴンの行動は止まらず、グルルッと唸り声を上げながら何度か同じように炎を吐き出す。あっという間に周囲は火の海になった。

夜だというのに、離宮を囲む森一帯に炎が回ったことで、一気に周囲が明るくなる。塔の上から離宮全体を確認すると、その火は屋敷にも移っている。

「皇女殿下、あのドラゴンを止める術を何かご存知ありませんか。確か、龍人の血にはドラゴンを従える力があると」

「わ、私……知らない。でも……やってみる！」

皇女殿下は困惑した様子で首を横に振った。だが、キリッとした表情で顔を上げると、力一杯に立ち上がった。そして胸の前で手を組みながら、祈るように目を瞑る。

おそらく魔力を込めているのだろう。先程のように皇女殿下の周囲に黒いモヤが出現する。だが、そのモヤは先程とは違い、私を攻撃する鋭さはない。

「お、お願い！　止まって！　止めて！　この場所を壊さないで。……私の大切な場所を……この国を壊さないで」

黒いモヤは空高くドラゴンの元へと荊《いばら》のように伸びていく。だが、それに気がついたドラゴンは体を捻り、尾をしならせてモヤを弾き飛ばす。

と同時に、ドラゴンの尾が塔の屋根にぶつかり、頑丈なはずの建物の上部がいともあっさりと崩れる。屋根部分の石が容赦なく私たち目掛けて降り落ちてくる。

「あっ、危ない！　皇女殿下、しっかり！」

皇女殿下の体を抱き寄せて、部屋の隅へと逃げる。すると、ドーンッと凄まじい破壊音が鳴り響き、辺りに無数の瓦礫《がれき》が散らばった。先程私たちがいた場所には、大きな瓦礫が落ちており、あのままその場にいたら潰されていたかもしれないと思うと血の気が失せる。

「けほっ、けほ……。ごめんなさい、力不足で」

未だドラゴンは鎮《しず》まる気配もなく、何度も何度も炎を吐き出している。ガタガタと震える皇女殿下は、周囲に充満する煙や瓦礫の舞った埃《ほこり》により咳《せ》き込んでいる。

「とにかくこの場から離れなければ。ここが崩れては危ないですから」

皇女殿下の体を支えながら、私は魔石の元へと向かった。これに魔力を込めれば、塔の外へ出ることが可能だ。まずは何よりこの場から逃げることが先決だ。

「やだっ……な、何でこんな時に限って魔石が壊れてるの」

柵の一部に埋め込まれた魔石に手を当てる。だが、何度魔力を込めても魔石は光ることはなく、ただの石ころと同じ状態だ。皇女殿下も私の焦りに顔を青褪めさせた。

「そんな、どうすればいいの？」

もしかしたら先程の衝撃により魔石が壊れてしまったのかもしれない。だからといって、この場に留まることはできない。チラッと視線を向けた先は階段。どうやら階段は先程の衝撃にも耐えており、問題なさそうだ。

だからといって、この疲れ切った少女が長い階段を無事に降りることができるだろうか。

「……階段、降りられますか？」

「うん。せっかくラシェルに助けてもらったんだもん。……頑張る」

皇女殿下のピンク色の目は、生気に溢れている。力強く頷く皇女殿下に、私はできる限りにっこりと微笑むと、皇女殿下の両手をギュッと握った。

「皇女殿下、必ず一緒に助かりましょう」

この選択がどうなるかは分からない。けれど、生きるために私たちは互いの体を支えながら、冷たく細い螺旋状の階段を降り始めた。

5章　ラシェルの運命

いつものように、１人王太子執務室にて仕事をしていると、突如ズドンッ、と大きな衝撃を受けた。

「何だ、地震か！」

慌てて窓から外を確認すると、暗闇に満月が煌々《こうこう》と輝いている。だが、よく目を凝らすと視界の端、王都の外れのほうの空がオレンジ色に色づいているように見える。

「あの場所だけが明るい？」

なぜあそこだけ空が明るいのだろう。妙な胸騒ぎがした私は、外に出ようと執務室のドアを勢いよく開ける。すると、ちょうどドアの前にシリルが立っていた。

珍しく焦った表情のシリルに、すぐさま緊急事態だと察知した。

「シリル、何があった」

私の問いにシリルは、一度落ち着きを取り戻そうと深呼吸をした。

「殿下、離宮が……離宮が燃えています」

「何だと！　どこの離宮だ」

「……見張り台のある離宮です」

シリルの返答に、私の心臓が嫌な音を立てた。なぜなら、その場所は今日――。

「あそこにはラシェルが！」

最近、皇女が部屋に閉じこもっていると、ラシェルが心配して連れ出している場所が見張り台のある離宮だ。胸元のポケットから懐中時計を取り出すと、夜の7時だ。出かけたのは夕方だから、おそらくもう帰宅している頃だろう。

だが、どうしてだろう。妙に胸騒ぎがする。

「シリル、急ぐぞ」

「はい！」

シリルと共に馬に飛び乗り、最短で離宮へと走る。ここからはどう急いでも1時間はかかるだろう。だが、もしもラシェルに今危険が迫っているのであれば、一刻を争うことになるかもしれない。

「いい子だ。まだスピードを上げられるか？」

愛馬にも私の焦りが伝わっているのか、私の声かけにまだ行けると言わんばかりに嘶《いなな》くと、さらに一段スピードを上げた。

だが、あと少しで離宮というところで、私たちは異変に気がつく。遠かったオレンジの空は徐々に空全体を埋め尽くすほどの広がりを見せ、妙な焦げ臭さに眉を顰めた。パチパチという音と共に飛んできたのは火の粉だ。

愛馬はすっかり怯え始め、先に進むのを嫌がった。

「森が……燃えている」

――なぜだ。山火事か？

このまま進むのは難しく、仕方がないと川の流れるルートへと迂回《うかい》するために、少し手前の分かれ道へと戻る。すると、随分前に置いてきてしまったシリルが、顔面蒼白になりながら空を見上げていた。

「シリル、この先を進むのは難しい。こちらから回ろう」

そう声をかけるが、シリルはこちらを一切見ることなく、顔を上げたまま呆然としていた。

「シリル、聞いているのか」

「殿下！　上を、空を見上げてください！」

シリルは声を震わせ、手を震わせながら空を指差す。私は、シリルの指した方角へと顔を向けた。

「あれは……まさか！」

オレンジに染まる空に、白いものが横切る。森に遮られ、その存在の全貌を目にするまでの数秒、私は自分の目が映すものを信じられなかった。

なぜなら、真っ白い巨大なドラゴンが、我が物顔で空を泳ぎ、炎を口から吐き出していたのだから。

「殿下、あれは何でしょう。……あの生き物は……もしかして」

「……ラシェルが危ない！　私はこの先を急ぐ。シリルはテオドールを探して、連れてきてくれ」

「ですが、この先を進めば殿下にも危険があるかもしれません」

シリルが言いたいことは分かる。だが、それでも私は1人でもここを進まなくてはならない。ラシェルを、そしてこの国を守るために。

私は未だ動揺を隠しきれないシリルを落ち着かせるため、冷静を装って「シリル」と低く落ち着いた声で呼びかけた。すると、シリルはハッと息を飲んだ。

「危険は十分承知だ。だからこそ、お前とテオドールに援護してほしいんだ。分かるな」

「……承知しました。すぐに！」

大きく深呼吸をしたシリルはそう返事をすると、「殿下、どうかご無事で」と強い眼差しで私に言う。私は黙ってそれに頷くと、愛馬に合図を出し、分かれ道の左側を駆け出した。後ろから、シリルの声と共に馬の足音が遠ざかるのが聞こえる。

きっとシリルであれば、私が彼らに何を求めるのかを指示せずとも理解してくれたのだろう。おそらく、そう時間もかからぬうちに、シリルはテオドールを連れて私の元へと辿り着くはずだ。

◆◇◆◇◆

川沿いを駆けていくと、離宮の裏門へと辿り着く。こちら側には木々が少ないためか、火は思ったほど回っていない。だが、目を凝らすと既に塔の一部が崩れ落ち、屋敷にも火が回り始めている様子が見て取れた。

私は裏門から一直線に塔の場所を目指す。なぜなら、ラシェルの目的は塔の離宮だったからだ。屋敷には入らないと言っていたから、もしもまだ離宮に残っているのなら、間違いなく塔にいる。

しかも、ドラゴンは随分と塔周辺を気にしている。空中で暴れながらも、時折塔を破壊するように尾で塔を叩いては、レンガが上空からボロボロと落ちてくる。

——今は何とか持ち堪えているようだが……急がなければ、塔の崩壊も時間の問題かもしれない。

だが、塔への道を阻むように、見知った人物が私の行先を塞いだ。

「公子？　そこをどいてもらおうか」

その人物とは、トラティア帝国の大公子息であるリュート・カルリアだ。彼は、この緊急事態にそぐわない微笑みを浮かべ、その場に姿勢よく立っていた。

普段からその薄寒い微笑みには嫌気が差していたが、今日はより一層気分が悪い。

「もう一度言おう。そこをどいてくれ」

塔に繋がる小さな門の真ん前に立たれ、挙句に退く様子のない公子に苛立ちを隠せない。だが、公子は笑みを一層深めて、キラキラと輝く瞳を空へと向けていた。

「王太子殿下、あれが見えますか？」

私の反応を確認するように、初めてこちらを見た公子と視線が合う。

「……あれが、何だ」

「あぁ、やっぱり幻ではないのですね。本当に、ドラゴンが復活したのか……」

公子は私の反応に、満足気に頷いた。

「やはり、ラシェル様の着けていたバングルに、何か細工がなされていたのですね。あれ、どこかで見た覚えがあったんですよね」

公子は腕を組みながら「やっぱり封印されていたのかな？」と独り言のように呟きながら、頷いている。

──やはり、注意すべきは皇女ではなく、こちらだったか。

いつから怪しんでいたのかは知らないが、まさかバングルにまで気がついていたとは。

「……私も、ラシェルも、ドラゴンなど知らない」

「あぁ、なるほど。分かりました。そちらが知らないことにしたいのなら、そのように」

公子は私の返答に、目を丸くしたのち、何が面白いのか、顎に手を当ててクスクスと笑い始めた。

「ちなみに、戦闘竜が主人を定めるのはご存知ですか？」

「……いや、知らない」

「あのドラゴンは、覚醒したばかりで暴れ回っていますが、それでも、塔の上から離れないでしょう？」

「それが、どうした」

回りくどい言い方に、私の苛立ちは増していく。だが、公子の悠然とした話し方は全く変わらない。

「つまり、あのドラゴンの主人……つまりラシェル様はあの場所にいる、ということですよね」

「何だと？」

「……あぁ、だから王太子殿下は王宮から慌ててここに来たのか」

くっ、と喉から声が出る。

「僕がこの国で耳にしたあなたの評価はとても高いものです。デュトワ国の王太子殿下は、いつだって冷静で優秀な人物だと、皆口を揃えて言いました。だけど、そんな優秀な人物にも、弱点はあります。……それが、溺愛する婚約者の存在ですよね」

「婚約者を大事にすることの何が悪い」

「悪くないですよ。興味深いと言ったまでです。絶滅したはずのドラゴンの主人になり、いつだって食えない王太子が、冷静さを失い、我を忘れるほどの変化を与える婚約者。……ラシェル様は本当に面白い方ですね」

「ラシェルに手を出したら、ただでは済まさない」

静かな怒りと、お前にラシェルの何が分かるのだという不快感で、自分の口から発せられた声は随分と冷え冷えとしていた。

「そもそも、何の勘違いをしているのか分からないが、あの塔にラシェルはいない。自分の国にドラゴンが出現したんだ。この国を想う王太子ならば、一刻も早く状況を知ろうとするものだ」

「……勘違い、ですか」

「ドラゴンの主人だと？　……馬鹿馬鹿しい」

吐き捨てるように言った私の言葉に、公子は一瞬目を丸くした。だが、すぐに意味深に笑みを深めた。

「そうですか。であるのなら、余計ここを退くわけには参りません」

「何だと？」

「王太子殿下が教えてくれないのであれば、直接自分の目で確かめたほうが早いですから」

「だったら強行突破するまで」

「できるとでも？　私も一応は皇族の血筋。あなた如きが敵うはずもあるまい」

一切の躊躇《ちゅうちょ》なく、剣を抜いた公子は随分と慣れた動きだ。先程までの微笑みを一切消し去り、グレーの瞳は獲物を狙うが如き戦いの目になった。

ゾクッとした寒気が体に走る。剣を構えただけで、公子が相当な剣の使い手だということが分かってしまったからだ。

それでも、引くつもりはない。

馬から降りると、私もまた帯刀していた剣を抜き、公子に向けた。

「剣を向けるとは、それ相応のつもりなのだろうな？」

「未だに立場が分かっていないようですね。ドラゴンが復活した今、かつて成せなかった大陸統一が叶うというのに」

「……この国は精霊に守られている。精霊と戦をしようというのか！」

頭にカッと血が上る。剣に魔力を込めて構える。すると、公子は待ち構えていたように、剣を振り上げながらこちらに向かって走ってきた。

――カキンッ！

静寂の地に、剣がぶつかり合う音が響く。剣を交えた瞬間、公子の言葉がハッタリではないことを理解した。まるで、いつも稽古《けいこ》してもらっている騎士団長の剣を受けているようだ。

――重いっ！　少しでも油断すれば、簡単に弾き飛ばされてしまいそうだ。

それでも、自分の持てる限りの魔力を込めて、公子の剣を弾き飛ばす。すると、公子は少し驚いたように、眉をピクリと動かした。

「なるほど。ただの命知らず、というわけではなさそうですね。そこそこ楽しめそうで安心しました」

肩で息をする私と違い、公子は少しも息を乱すことなく、剣を確かめるようにその場でブンブンと何度か振り回した。まだ一度しか剣を合わせていないのに、手がジンと痺《しび》れた感覚に、悔しくて唇を噛みしめる。

長期戦は不利だ。おそらく、先程の公子は私の力量を試しただけで、一切本気を出していないのだろう。

――これが、龍人の血、というのか。……恐ろしいものだ。

それでも、光の精霊王や闇の精霊王を前にした時のほうが、もっと恐ろしかった。龍人の血といえど、所詮《しょせん》は私と同じ人間だ。そう思えば、手の痺れも気にならなくなる。

「では、次は僕から行きますね」

剣を握った瞬間から、公子はにこりとも笑わない。それどころか、表情を一切削ぎ落としたような無表情のほうが、よっぽど公子の本来の姿を見せてくれているようだ。

だが、足音も立てずにひと蹴りで、瞬間移動してきたように、一瞬で目の前まで移動してきた公子の剣を、すかさず受け止める。相変わらず一振りが重く、それだけでなく、動作が物凄く速い。

「王太子殿下、そのように僕の攻撃を受けてばかりでいいのですか？　もっと楽しみましょうよ」

まるで剣舞でも見ているかのような大きく美しい動きにかかわらず、公子の太刀筋には一切の無駄がない。この年齢でここまでの殺気と集中力を持つとは、どのような経験をしてきたら、こうなるのだろうか。

「剣の才能はあるようですが、残念ながら実戦に乏しいようですね」

「お前に何が分かる」

「分かりますよ。アレク陛下の右腕として、僕は戦場で育ったようなものですから」

綺麗な顔に物腰の柔らかい微笑み。おそらく公子のそれらは、完全に作られた紛いものだったのだろう。無表情は変わらないものの、ギラギラと輝く瞳に、血が滾《たぎ》るように頬を紅潮させた公子の姿。

体勢を整える暇もなく、躱《かわ》した側から降りかかってくる剣を避ける。隙を見つけて攻撃を仕掛けても、いともあっさりとやり返される。

「最近は戦場からも遠ざかっていて、体が鈍らないか心配だったんですよね。王太子殿下直々に剣の相手をしていただけるなんて、感覚を取り戻すのにちょうどいいです」

「随分と気楽なものだな。お喋《しゃべ》りも大概にしておけ」

「僕が本気を出したら、勝敗なんて一瞬でついちゃいますよ？　せっかく久しぶりに動くことができて楽しいんですから、あと少しぐらいつき合ってくださいよ」

――これで、まだ本気を出していないだと？

おそらく、公子の言う通り、実戦経験だけであれば全く歯が立たないだろう。

「あれ、動きが少し鈍くなってきてます？　あっ、休憩ですか？　いいですよ」

「休みなど必要ない」

強気に言い放つも、手の痺れはさっきまでよりも格段に強くなっている。公子が足を止めたのを確認しつつ、一度、一定の間隔を取るために後ろに下がる。

ポタポタと滴り落ちた汗が瞼に落ちる。それを払うように顔を数回横に振り、額の汗を左手の甲で拭う。だが、少し拭ったところで汗は止まる様子がない。

「僕はじわじわと相手を追い詰めるのが好きなのですが、陛下はそのやり方はお嫌いみたいで。僕は楽しい時間は長いほうが嬉しいですから」

「……公子は、トラティア皇帝のことを語ると、随分と饒舌《じょうぜつ》になる」

こっちは一刻も早く塔へと行き、ラシェルの無事を確かめたいというのに。公子のどこまでもマイペースで余裕そうな表情に、自然と刺々《とげとげ》しい物言いになってしまう。

だが、公子は私の意図とは違った受け取り方をしたらしい。瞳を僅かに輝かせながら、「もちろんです！」と強く頷いた。

「あの方以上に強い者など、この世に存在しませんから」

「それは随分と大きく出た発言だな」

失笑を含んだ私の言葉に、公子は珍しく眉を顰めた。おそらく、トラティア皇帝を馬鹿にされたと感じたのだろう。

「あなた方が信仰するのは、精霊王でしたか。それがどれほどのものかは、僕には分かりかねます。ですが、これだけは確かです。アレク陛下は、精霊王にも負けない」

――精霊王に負けない、だと？

「精霊王に会ったこともないのに、よくそんな自信があるものだな」

「当たり前ですよ。アレク陛下は、トラティア帝国のただの皇帝というだけではありません。……陛下は、始祖龍の生まれ変わりなのですから」

「は？　……生まれ変わり？」

公子は一体、何を言っているんだ。トラティア皇帝が、誰の生まれ変わりだと？

唖然としながらも公子を睨みつける。だが、公子はハッと何かに気がついたように塔の方向へ体を向けた。

「とはいえ、あなたと決着をつける時間はなさそうですね」

剣を鞘に収めながら、公子はつまらなそうにため息を吐いた。

「は？　……塔が……このままでは、塔が崩れる」

公子が気にしていた塔のほうへと視線を向ける。すると、既に崩れかけていた塔の上部からパラパラと瓦礫が舞っている。

次の瞬間、塔はあっという間にドドドドッと大きな音を立てて一瞬のうちに崩れ落ちた。

――そんな……。　嘘だろ、ダメだ、ダメだ！　やめてくれ！

「ラシェル！」

目の前が真っ暗になりそうになり、足がもつれながらも必死に走る。どうか間に合ってくれと祈りながら。

ラシェルの名を何度も何度も呼び続けながら無我夢中で走る。

塔の前まで来ると、そこはもはや瓦礫の塊となっている。扉がどこにあるのかも分からず、崩れていない部分を探すほうが難しい。

「ラシェル！　返事をしてくれ！　ラシェル！」

私は叫びながら、必死に目の前の瓦礫をどかしていく。この瓦礫の山を目の当たりにし、心臓が嫌な音を立ててバクバクと鳴り続ける。それでも、ラシェルの影を必死に探しながら。

◆◇◆◇◆

塔の最上階がドラゴンにより崩されてから、私と皇女殿下は階段を下り続けた。僅かな灯りを頼りに、力の入らない体を何とか壁に手をつきながら慎重に、だができるだけ早く出口を目指した。

「皇女殿下、あと少しで塔の外に出られますからね。気をしっかりお持ちください」

皇女殿下の体力はもうとっくになくなっているのだろう。何度もガクッと力が抜けては、私が支えてようやくここまで来た。

螺旋状の階段は吹き抜けになっており、先程から、下から吹き上がる風により髪が舞う。おそらく、1階の扉に到着するまで、もう遠くはないのかもしれない。

その時、壁に当てた手にコツッと何か固いものが触れるのを感じる。そこに手を当てると、ぼんやりとオレンジ色の灯りが燈《とも》った。

どうやらその魔石は、ライトの装置だったようで、最上階が崩壊した瞬間に消された塔のライトが復活したようだった。先程まで暗い中を彷徨っており、今自分がどこにいるのかさえ分かっていなかった。だが、僅かな灯りだとしても、疲れた体には随分と支えになる。

それに、周囲が把握できるほどの明るさになったことで、壁に記された《5》という数字を目にすることができた。

「あっ、これって……今は5階ということよね。よかった……随分と降りてこられていたのね。

皇女殿下、出口まではあと少しです！」

「ラシェル、ごめんなさい。……私、私……もう……」

明るく振舞う私と対照的に、皇女殿下の顔色はかなり酷いものだった。顔は真っ白になり、唇も紫色になっている。何より、ライトが復活したことにより皇女殿下の全身をできるようになった。

だからこそ、今ようやく皇女殿下の状態がどれほど深刻なものかを理解した。

「皇女殿下、右足を確認させてください」

皇女殿下のドレスの右側は、真っ赤に染まっていた。しゃがみ込んでドレスをたくし上げると、腫れ上がった右足のふくらはぎが傷を負っているのだろう、未だ傷口から滲むように出血が続いている。

「この傷……いつからですか？」

私はボロボロになった自分のドレスから布を千切ると、綺麗な部分を傷口に当てて圧迫する。

「最初に瓦礫が崩れてきた時」

「なっ、あの時からずっと……」

——なぜこんなになるまで、何も言わずに我慢していたのか。

私はそう皇女殿下を叱りつけようとして、すぐに口を噤む。

違う。言わなかったのではなく、言えなかったのだろう。おそらく、自分の失態と、それにより私にまで迷惑をかけたと考えているのだろうから。

こんな小さな体で、泣き言も言わずにただ黙って痛みに耐えていたなんて。先を急ごうと、それに気づいてあげられなかった自分の視野の狭さに申し訳なさを感じる。私は眉を寄せながら、唇を噛みしめる。

「皇女殿下、痛かったですね。……よくここまで我慢しましたね」

圧迫した傷口を確認すると、出血はようやく止まったようだ。私は布を手に持ちながら、皇女殿下の体をギュッと抱きしめる。

腕の中で、皇女殿下のヒクッとしゃくり上げる声が漏れた。

「私、本当に、本当に心を入れ替えようと思ったばかりなのに……また迷惑かけちゃって……」

私の肩に顔を埋めた皇女殿下のくぐもった声に、私は「大丈夫」とできるだけ穏やかな声で彼女に言った。

「いいんですよ。確かにお転婆なことは間違いありませんね。でも、私はそんな皇女殿下のことを、いつも可愛らしいと思っていますから。時間は沢山あります。少しずつ大人になっていけば、それでいいのです」

皇女殿下が落ち着くよう背中を何度もゆっくりと撫でると、皇女殿下はしゃくり上げながらもゆっくりと深呼吸をした。

少しは落ち着いただろうか。皇女殿下の顔を覗き込むと、彼女は今にも再び泣き始めそうなほど、目を潤ませてこちらを見つめた。

「……あのね、ラシェル」

「はい。あっ、体が辛いですか？　もう少し体重を預けてください。私がおぶっていきますから」

いくら急いでいるとはいえ、この体では階段を降りるのは大変だろう。顔色も悪いままだ。

私は皇女殿下に背を向けてしゃがんだ。

すると、躊躇いがちに私の背に、皇女殿下の温もりが広がった。

「ごめん、重いよね」

「これぐらい大丈夫ですよ」

少女とはいえ、1人の人間を背負って階段を降りることの難しさを感じつつも、皇女殿下が気に病まないように、できる限り明るい声で答えた。

それでも、少しでも油断すれば力が抜けてしまいそうな状態であるため、慎重に慎重に一歩ずつ足を進めた。

自然と沈黙する私に、皇女殿下は「あのね」と声をかけた。

「私……嬉しかったんだ、さっき」

「皇女殿下?」

「こんな世界に生まれてきちゃって、生まれ育った環境は最悪だし地獄だし。生きてることが苦しくて、終わらせたいって思ったことも何度もある。それでも、やっぱり死ぬのは怖くて。諦めきれなくて。だけど、さっきは自分が自分じゃないみたいで、このまま終わるのも悪くないのかもしれない……なんて思っちゃって。あっ、もちろん本心じゃないよ」

辿々しく言葉にし始めた皇女殿下は、最初こそ言葉を選ぶように話していたものの、徐々に自分の感情のままに饒舌に喋り始めた。だが、ここまで一気に話すと、何かを迷うように「でも、あの……」と何度も躊躇うように言葉を続ける。そして、意を決したように、私の肩に添えるように置かれた手が、ギュッと掴むように強くなった。

「でも、ラシェルが手を掴んでくれたでしょ？　絶対に離さないって」

「もちろんです」

「あの時、私ね。死にたくないって……生きたいって思ったんだ。だって、出会って間もない、家族でもない人が私を必死に助けようとしてくれてるんだよ？　……生きていたらこんなことあるんだって」

涙声になる皇女殿下の言葉に、自然と私も胸の奥がキュッと掴まれたように、切なくなる。

「だって、生きていたら……私にも友達とか、好きな人とか、そういう人ができるかもしれないんでしょ？」

照れ隠しのようにぶっきらぼうに告げる皇女殿下に、私は目頭が熱くなりながら、何度も首を縦に振った。

「はい、そうですよ。もちろんです！　きっと素敵なご友人や、愛する人を見つけられるはずです」

私もまた、その昔は皇女殿下と一緒だった。偽りの友人、恋とも呼べない恋をして、本当に大切なものを見誤っていた。それでも、自分が変われば、周りをよく見渡していけば、必ず自分にとって大切な人を見つけることができるはずだ。

「……じゃあ、なってくれる？　ラシェルが、私の友達に」

恐る恐るといった様子で、小声でボソッと呟いた皇女殿下の声は、僅かに震えていた。ドキドキと心拍が速まるのを背中で感じ、皇女殿下が勇気を出して言ってくれたであろうその言葉に、私は嬉しくて自然と目に溜まっていた涙が溢れた。

「もちろんです！　なりましょう、友達に」

私の言葉に、皇女殿下は顔を伏せたようで肩に重みを感じたと同時に、僅かに震えるのを感じた。

「……ラシェル、ごめんなさい。……ありがとう」

「こちらこそ、お友達になってくれてありがとうございます。……ここから出たら、いっぱいお話ししましょうね。皇女殿下の好きなものを沢山教えてください。あっ、私も一緒にサミュエルからお料理を習おうかしら。そうしたらお茶会でも……？　皇女殿下？」

背中に今までと違った重みを感じ、私は皇女殿下に声をかけた。だが、何度呼びかけても返事はない。

慌てて皇女殿下の体をその場に下ろすと、彼女は真っ白な顔をしたまま固く目を閉じている。段差に座らせた体は自分で支えることもできず、肩に手を添えなければずるずると倒れ込んでしまうだろう。

焦った私は、皇女殿下の名を呼びながら、体を揺すろうと肩に置いた手に力を込めた。

その瞬間、私の頭にポンポンと、何か手のようなものが触れるのを感じ、ハッと後ろを振り返る。

「大丈夫、寝ているだけだよ」

そこには、唇に人差し指を当てて、ウインクをするテオドール様の姿があった。

「テ、テオドール様！」

「さぁ、お待ちかねの救世主の登場だよ」

突如現れたテオドール様に、私の頭は上手く働かず、まさか幻でも見ているのではないだろうかと何度も瞬きをする。それでも、目の前のテオドール様は消えることなくその場にいる。

「テオドール様、なぜここに？」

「もちろん、君たちを助けるためだよ」

——あぁ、本当に……本当に助けに来てくれたんだ。

自分よりもずっとずっと小さな少女を守ろうと強く気を持っていたせいか、その反動で力が抜けてしまう。すると、すかさず、テオドール様が私の腕を掴んだ。

「説明はあとだ。この塔は間もなく崩れ落ちるだろう。その前に君たちを外に連れ出す」

「そのようなこと、可能なのですか？」

「ラシェル嬢、愚問だな」

ポカンと口を開けた私に、テオドール様はニヤリと口角を上げた。

「俺に常識なんてものは通用しないよ。できないのなら、できるようにするまでだ」

◆◇◆◇◆

テオドール様は、皇女殿下を片手で担いで肩に乗せると、もう片方の腕を私の腰に回した。

「行くよ。ルイのところまで」

テオドール様がそう告げると、一瞬のうちに私たちをキラキラと美しい光が囲んだ。その光に見惚れていると、ふわりと体が浮くのを感じた。

——この感覚、まるで精霊王であるネル様の魔術を身に浴びてるようだわ。

安心感と安らぎを覚えながら、光に身を委《ゆだ》ねていると、瞬きをした瞬間に景色が一気に変化した。先程までいた薄暗い石の塔から、一気に心地いい風が頬を撫でる開放感に、私は驚いて息を呑んだ。

次の瞬間、必死に瓦礫をどかしながら私の名を何度も何度も呼ぶ愛しい人の姿を見つけた。

「ル、ルイ……さ、ま？」

もう力が入らないと思っていた足は、私の意思を助けるようにルイ様に向かって進み始めた。

縺《もつ》れながらも、必死に足を動かして、私はその大きな背に飛びついた。

――あぁ、ルイ様だ。ちゃんと会えた、ルイ様に。

どんな状況であっても諦めずに踏ん張れたのは、何度もルイ様の存在を思い描いたからだ。

ルイ様が側にいなくても、ルイ様に会いたいという気持ちだけで、私は何度だって立ち上がり、力をもらえた。

「ラシェル！」

ルイ様はこちらを振り返ると、両手で私の頬を包み込んだ。いつだって優しく美しい蒼色の瞳が、いつもよりキラキラと光って見えるのは、ルイ様の目が僅かに潤んでいるからだろうか。

それに、素手は真っ黒に汚れ、どの指も血が滲んだ痛々しい状態だった。

「ルイ様、手が……」

ルイ様の手に自分の手を添えると、その手が震えているのを感じる。ルイ様は私の背中に手を回し、力一杯に私を抱きしめた。

「あぁ、よかった……よかった。無事でいてくれて」

「ルイ様、ルイ様……私、私……」

「おかえり、ラシェル」

この温もりだ。ようやく帰ってきたんだ……。そう思うと、自然と涙が溢れた。

「あぁ、怖かったな。よく頑張った」

私の頭を撫でながら、ルイ様は何度も私を確認するように、私の顔を覗き込んでは顔を歪ませながら微笑んだ。

「あの、皇女殿下も一緒なのですが……皇女殿下、ご無事ですか？」

「……ラシェル、大丈夫だ。眠ってしまっているのだな。どうやら随分と気を張っていたようだね」

「……そうですね。随分と無理して頑張りましたから」

ルイ様は私を抱きしめながら、周囲を確認する。そして、ベンチの上に横になった皇女殿下と、その隣に控えたテオドール様へと視線を向けた。

「テオドール、ありがとう。お前のおかげだ」

ふわりと柔らかい笑みを浮かべるルイ様に、テオドール様は鋭い視線を向けて首を横に振った。

「いや、礼を言うのはまだ早いんじゃない？　あれ見たほうがいいよ」

テオドール様の指差すほうへと顔を向けると、ドラゴンが何かを探すように、体を回旋《かいせん》させた。

「ドラゴンが方向を変えた。まずい、あっちには街がある！」

「私が気を引きます！」

「ラシェル、これ以上君を危険に晒《さら》すわけにはいかない」

ルイ様の心配も言い分もよく分かっている。私もルイ様の意見に背きたいわけではない。体だって限界だし、ドラゴンに立ち向かうなんて、正直いうと怖い。

それでも、私だってルイ様を、そしてこの国を守りたいから。だから……。

「いえ、あのドラゴンは、私の声であれば気がついてくれると思います。他の誰がやるよりも、私のほうが成功する可能性が高いです。何より、早くしなくては民に多くの被害が出る可能性があります」

ルイ様の瞳をじっと見つめると、ルイ様は眉を寄せて瞳を揺らめかせた。だが、私の意思が変わらないと分かると、困ったように眉を下げて微笑んだ。

「……分かった。ならば、一緒に行こう」

「ルイ様！　ありがとうございます」

◆◇◆◇◆

私とルイ様は、ドラゴンを追って森の中へと入ってきた。森には既に、魔術師団や騎士団が集まっており、消火活動や人々の避難誘導を行っている。

ドラゴンの炎により、森は随分とダメージを負っており、木々が焦げた煙臭さが充満している。それでも、テオドール様や駆けつけた魔術師団たちが森全体の消火をしてくれていたおかげで、私がやることといえば、煙が上がっている部分へ水魔法を使うことぐらいだった。

そして、もう一つ。ドラゴンへの意識を自分に向けさせることだった。

「止まって、お願い！　こっちに気づいて！」

できる限り誰もいない場所を選んで大声を上げる。すると、ドラゴンは私の声に反応して、私を探すように方向を変えた。

次の瞬間、ドラゴンの紫色の瞳と目が合った。どこまでも澄んだその紫色には、不思議な魅力があり、思わず魅入ってしまう。目が合った瞬間から、世界には、ドラゴンと自分以外の存在がなくなってしまったような、不思議な感覚に陥った。

ふわふわと空を浮かんでいるように夢見心地で、無音の世界。ずっとこのままここに居続けたいと思える、心地いい場所。

まるで夢のような場所にいた私を、力強い腕が現実へと引き戻す。

「ラシェル！　危ない」

ルイ様のその声にハッとすると、ドラゴンはこちら目掛けて、炎を口から吐き出した。

まずい、そう思った瞬間。間一髪、ルイ様が私を引き寄せてくれた。しっかりとした腕が私の体を包み込み、ズサッと音を立てながら、大きな岩の奥にある草の茂みへと倒れ込む。

一瞬のうちに起こった出来事に、私は呆然とする他なかった。だが、先程まで自分がいた場所が轟々と燃えている様を目の当たりにし、ブルッと背筋が凍りつく。

「ルイ様……ありがとうございます」

「炎の威力が強いな。これではキリがない。大元をどうにか鎮《しず》めなければ」

ルイ様は、攻撃から逃れたあともドラゴンから視線を一切外さず、険しい顔でドラゴンを睨みつけた。だが、震える私の様子に、心配そうに顔を寄せた。

「ゆっくり呼吸するんだ。落ち着くまで、少しこの岩場で隠れておいて」

「ルイ様はどこに？」

「大丈夫、ここにいるよ。岩場の前で、ドラゴンがどう動くか監視しておく。ラシェルが落ち着いたら、もう一度ドラゴンに呼びかけよう」

私の頭を優しく撫でたルイ様は、私を安心させるように、にっこりと笑みを向けた。私は、そんなルイ様の言葉に頷くと、岩を背にゆっくりと深呼吸をする。

胸に手を当てて何度か繰り返すことで、ようやく冷や汗が引き、乱れた呼吸が落ち着いた。

目を閉じていると、先程までの寒気でなく、ぽかぽかと温かいものに包まれている安心感がする。

ずっと目を閉じていたいような、そんな不思議な感覚。

だが、このまま安全な場所で身を隠し続けているわけにはいかない。

「ルイ様、もう大丈夫です」

そう伝えながら、閉じていた瞼をゆっくりと開いたその瞬間。——世界が変わっていた。

草の上に座り、背後には大きな岩。そして、目の前には燃えた木々。1ミリも動いていない私がいる場所は、そこ以外にない。

それなのに、目を開けた私は、全く別の場所にいた。

◆◇◆◇◆

「えっ、ここ……どこ？」

慌てて立ち上がり周囲を見渡すと、目の前には川があった。川には沢山の折れた枝が流れており、焼け焦げた臭いも変わらずある。ということは、先程いた場所からそれほど離れていないのだろう。

——おそらく、ここは塔の裏門近く。だとして、なぜ一瞬で反対側に？

この状況はまるで、テオドール様やネル様が使う瞬間移動の魔術を使ったような現象。だけど、私はもちろんそのような魔術を使えないし、私を移動させた人物に心当たりもない。

なぜ、どうして、と狼狽《うろた》えるよりも、真っ先に私はルイ様の顔を思い浮かべた。

——ルイ様はきっと、私を探しているはず。なぜ急にこんなところにいるのか、その疑問を解決するのはあとだ。すぐに戻らなくては！

と駆け出したその時、目の前を見知った人物が歩いてくるのが見え、足を止める。

砂利を踏みながら、ゆっくりと歩いてくるその人物の顔が、月明かりに照らされて見えた瞬間、私は「あっ」と声を漏らした。

「ここにいましたか。……ラシェル様」

「リュート様？　やはり、あなたもここに来ていたのですね」

ドラゴンの国であるトラティア帝国の公子であるリュート様は、おそらくすぐに行動に移るだろうとは思っていた。だけど、もうここまで来てしまっていたとは。

内心動揺しながらも警戒心を見せないよう、あえて微笑んで見せる。

「リュート様？　あの、皇女殿下は、塔の側で休んでおります。すぐに行ってあげてください」

――きっと皇女殿下も、目が醒めた時にリュート様がいれば安心できるはず。それに、いつもと違ってリュート様の纏う雰囲気が僅かにピリついて見える。

だが、リュート様は心底不思議そうに首を傾げた。

「マーガレットもここにいるのですか？　あぁ、なるほど。マーガレットがドラゴンを目覚めさせるのに一役買ったのですね。あれでも、予知以外に使い道はあったのですか」

「あれでもって……そんな」

先程からリュート様への違和感と共に、パリンと何かが弾けるような耳鳴りがする。その耳鳴りは、まるで皇女殿下が魔力暴走を起こした時と同様の異様な感覚。

思わず頭を押さえながらよろめくも、リュート様は何を考えているのか分からない無表情で、剣先を己の指先に当てた。

「な、何を……」

戸惑う私をよそに、リュート様の指からポタポタと血が流れる。

「でも、ドラゴンの封印を解いたのはあなたですよね。絶滅したはずのドラゴンを復活させるとは、あなたは確かにアレク陛下に相応しい」

地面にリュート様の血が吸い込まれていくと、その血は禍々しい黒いモヤを作っていく。

――このモヤは、皇女殿下と同じ……。一体、何をする気？

その時、黒いモヤを辿るように、ドラゴンがこちらへ急降下してくるのが見えた。

「あ、危ない！」

そう叫びながら頭を隠すように身を縮こませる。だが、想像していた衝撃は襲ってこず、恐る恐る目を開けると、衝撃的な光景が目に飛び込んできた。

「ドラゴンが……頭を垂れている？」

散々暴れ回っていたドラゴンが、大人しく地面にひれ伏している。大きな体は側で見ると、より迫力が増し、鱗《うろこ》はキラキラと輝いている。

リュート様は、ドラゴンの元へと近づくと、月明かりに輝く背をゆっくりと撫でた。不思議なことに、ドラゴンはそれを黙って受け入れている。

「なぜ急に……」

「トラティア皇族の血は、龍を従わせられますから。血の薄くなった他の皇族には無理でしょうが、私とアレク陛下であれば、このくらい容易《たやす》いものです」

リュート様だってドラゴンを実際に目にするのは初めてのはず。それなのに、恐れもなくあっさりと従わせてしまうなんて。――龍人の血とは、なんて恐ろしいものなんだろう。

戸惑う私を、リュート様はこちらに来いと手招きした。

「ドラゴンというものは、いくら主人といえど簡単に従ってはくれません。己より強者だと認めなければ。……ただ、間違いなくこのドラゴンは、あなたを主人だと言っています」

「……このドラゴンが、そう言っているのですか？」

「えぇ。ここに乗って、手を当ててみてください。温かく感じませんか？」

リュート様に誘われるまま、ドラゴンの首元に腰掛けて頭を撫でる。すると、さっきまで持続的にあった耳鳴りがすうっと消え、体中をぽかぽかと血が巡る感覚がする。

——この感覚は、先程の瞬間移動の直前と同じ感覚？

「これは、このドラゴンとあなたが繋がっているという証拠です」

私の後ろに飛び乗ったリュート様は、私の顎に手を当てて、強制的にこちらを向かせた。

「何をするのですか！」

これまでずっと紳士的に振る舞っていたリュート様の無遠慮な態度に、抗議の声を上げて手を跳ね除ける。だがリュート様は、何を考えているのか分からない無表情で、グレーの瞳をこちらに向けたままジッとこちらを見つめた。

「不思議ですよね。トラティア帝国からこんなにも遠い大陸の外れに、絶滅したはずのドラゴンを復活させた者がいるだなんて。……本当に興味深いです」

その時、リュート様がドラゴンをひと撫ですると、ドラゴンはそれに応えるように大きな羽をバサバサと広げて、空高く舞い上がった。

「なっ、止めて！　降ろして！」

ドラゴンは私の言葉を無視して、悠然と空を飛び続ける。

裏門が遠ざかり、焼け焦げた木々の隙間を通り抜ける。

「どこに向かうのですか！　これでは離宮から離れてしまいます！」

「どこって？　もちろん、このままアレク陛下の元まで」

「帝国まで？　正気ではありません」

——この人は一体誰なの？　一体、何を言っているのだろうか。

リュート様の変貌ぶりに困惑しながらも、沸々《ふつふつ》と怒りが湧く。突如現れたドラゴンの存在、そして当たり前のように私の意思を無視して帝国に連れていくと曰《のたま》うリュート様。

トラティア皇帝がもしもドラゴンを手にし、私が帝国へと連れ去られてしまえば、間違いなくデュトワ国は争いの中心になる。

——そんなことは絶対にさせない。

「降ります。私は、あなた方の言いなりになんてならない」

「……どうやら、陛下の運命殿は気がお強いようだ。これであれば、陛下もお気に召すかもしれませんね」

幸いまだ低空飛行だ。大怪我《けが》は免《まぬが》れないかもしれないが、きっと木がクッションになるはず。

意を決したその時、ドラゴンの体勢がグッと傾いた。

「キャッ！」

何かの壁にぶつかったような衝撃に、下を確認する。すると、そこにいたのはルイ様だった。

ルイ様がドラゴンの動きを止めるために放ったであろう魔術により、ドラゴンはその身をバタつかせた。

「くっ、しぶとい奴らめ」

後ろに乗るリュート様が、眉を顰めてチッと舌打ちする。

「ラシェル、降りていい！　俺が受け止めてやる」

両手を広げるルイ様の元へ飛び降りようとした時、リュート様が小さな声でブツブツと呪文らしきものを唱えると、ルイ様目掛けて指を鳴らした。

「そうはさせない。運命殿とドラゴンは、僕が必ず連れ帰る」

リュート様の指からパチンと音が鳴った瞬間、けたたましい破裂音が響き渡り、周囲一体を吹き飛ばす爆発を起こした。

「ルイ様！」

立ち昇った煙にコホコホと咳き込みながら、必死に叫ぶ。

「手荒な真似はしたくなかったが、こうなれば仕方ない」

灰色の煙で周囲が見えなくなったが、必死に目を開けて愛しい人の金色を見つけようと目を凝らす。だがその時、首元にドスッと鈍い衝撃が走る。

「それでは、次は帝国でお会いしましょう。運命殿」

気を失う直前に私が聞いたのは、愉快そうにクスクスと笑うリュート様の声だった。

◆◇◆◇◆

「う……嬢、ラ……ラシェ……」

私を呼ぶ誰かの声に、重い瞼を開ける。

覚醒しきらず霞む目で、目の前にいる人物の輪郭がぼんやりと浮かび上がる。

「ラシェル嬢、目が覚めたか？」

「テオドール様？　……テオドール様！」

ガバッと起き上がると、途端にズキッと頭の痛みに顔が歪む。すかさず、テオドール様が慌てたように顔を覗き込んだ。

「ラシェル嬢……無事でよかった」

眉を下げて、心配そうにこちらを見つめるテオドール様と目が合う。テオドール様の顔は随分と疲れが滲んでおり、普段から清潔感溢れる身なりをしているテオドール様にしては珍しく、ローブは薄汚れて所々に破れがある。

ぼんやりとした頭が徐々にクリアになり、頭痛が僅かに治っていくと、自分が置かれている状況へと思考が向かうようになった。

――なぜここにテオドール様が？　いいえ、それよりも、ここは一体どこ？

周囲を見渡すと、私は薄暗い部屋の質素なベッドの上に寝かされていることに気がつく。小さなランプしかないこの部屋は、手の届かない壁の上部にある小窓と頑丈そうなドア以外に、外へ出る手段はなさそうだ。

「この部屋はどこなのでしょう……」

私はゆっくりと立ち上がり、ベッドサイドのランプを手に取る。部屋に置かれている家具は先程まで寝ていたベッド、そして簡易な机と椅子のみ。薄暗くて冷たい小さな部屋に、鉄でできたドア。

「……ここは、トラティア帝国の皇城だよ」

「皇城！　では私は、あのドラゴンでここまで連れてこられたのですか？」

「あぁ、そうだ。あの日から、丸3日ってとこだ」

「確か、ドラゴンに乗っている時に、頭に衝撃が走って……それから3日も眠っていただなんて」

意識を失う前に何があったのか。記憶を辿ろうとして、真っ先に浮かんだのは、リュート様がドラゴンの上から魔術を使ったこと。そして、私に向かって両手を広げて待っていてくれたあの人の姿。

「ル、ルイ様は……ルイ様はご無事ですか？　確かリュート様に攻撃されて、それで！」

「安心していい。ルイは無事だよ」

「……そ、そうですか」

力強く頷くテオドール様の様子に、私はホッと胸を撫で下ろす。だが、すぐに焦りが襲ってきた。

「……早くルイ様の元へ帰らないと」

ドアノブをガチャガチャと開けようとするも、外から鍵がかかっているようで開かない。小窓へと視線を向けるが、どう考えても人が通れる大きさではなく、しかもご丁寧に柵がつけられている。

「まるで牢屋ね」

ポツリと呟いた言葉に、テオドール様は深刻そうに頷くと、その場にへたり込むように座った。

「この部屋は皇城の地下牢だよ。この部屋の外には屈強そうな門番が3人もいる」

——リュート様は、連れてきた私を逃さないようにと、地下牢に入れたということ?

「では、テオドール様も一緒に連れ去られたのですか?」

「いいや。今、ラシェル嬢が見ている俺は、本物じゃない」

「本物じゃない?」

本物じゃないというのはどういうことだろうか。まじまじとテオドール様を見ると、そこにはちゃんとテオドール様が存在している。腰に手を当てながら、いつもと同じようにニヤリと笑うテオドール様。

不思議そうにしている私に、テオドール様は「その反応だと、魔道具の性能はかなりよさそうだな」と満足気に笑いながら、私の肩に手を当てた。

だが、テオドール様の手はするりと私の肩を通り抜ける。驚きに目を見開く私は、慌ててテオドール様へと手を伸ばす。

目の前に間違いなく存在しているはずテオドール様の体は、触れようとしても空を切るだけ。

「ど、どうなっているのですか?」

「ラシェル嬢が連れ去られた時、俺の契約精霊をラシェル嬢の側にいるようにつけておいた。

今ラシェル嬢が見えている俺は、俺の契約精霊に持たせた魔道具によるものだ。……とはいえ、この魔道具はまだ開発段階で、近距離じゃないと使えないんだ」

「えっ、ということは、テオドール様は側にいるのですか？」

「あぁ、皇城の地下牢近くに身を潜めている。何とか隙を掻い潜ってここまで来たけど、地下牢は警備が固い。それでも、綻びはきっとあるはずだ。すぐに助けに行くから待っていて」

テオドール様の契約精霊？　辺りをキョロキョロと見回すも、精霊は見当たらない。もしかしたら、姿を隠しているのかもしれない。

「……デュトワ国からここまで、私はドラゴンに乗ってきたのですよね。テオドール様は、こんな短時間でどうやって。……かなり無理をしたのでは」

「……えっ、何？」

「あの、かなり無理をしてここまで来てくれたのではありませんか？」

私が意識を失っていたのは3日間。ドラゴンに乗ってきた私は別として、普通であれば1カ月はかかる道のりだろうに、どうしてテオドール様は既にトラティア帝国にいるのだろうか。

いくらテオドール様といえど、果たしてこんなにも短時間でここまで来ることが可能なのだろうか。

「ははっ。うーん、そうだな。できるだけ急いで来たから、無理をしてないと言えば、嘘になるかもな」

「もしかして、魔術を使い続けたのでは……」

「魔術は俺の特技だからな」

あっけらかんと言い放つテオドール様だが、やはり随分と疲れがあるのか、顔色が悪く見える。

「……見つけられてよかったよ」

こちらをジッと見つめるテオドール様は、私を見て心底安心したというように、優しい笑みを浮かべた。

「ルイに、君のことは俺に任せろと言ってきたからな。もしも、ラシェル嬢に少しでも危険があれば、俺を信じて任せてくれたあいつに顔向けできないから」

「ルイ様……きっと、物凄く心配していますよね」

テオドール様は、ルイ様は無事だと教えてくれたけど、それでもやはり私はルイ様のことが心配だった。怪我はしていないか、無茶なことはしていないか。

色々心配事や不安で胸が苦しくなるけど、それより何より……私は今、ルイ様がとても恋しい。ルイ様の温もりに触れたい。いつものように、あの優しい笑みを見つめたい。

——会いたい、ルイ様。

「……これからどうすればいいのでしょう」

こんな牢屋に入れられて、身動きのできない状況で、焦りだけが先走る。

「あぁ、それは一緒に考えよう。ドラゴンのこともどうすればいいのか、まだ分からない。それに、やっぱり前闇の聖女がなぜドラゴンを封印したのか。その謎が解けなければ、問題は解決しないように思う」

「ですが、前闇の聖女のことを一番知っているイサーク殿下でも知り得なかったのですよ。それを知ることが果たしてできるのでしょうか」

「……あのドラゴンと意思疎通が図れたら、謎はすぐに解決するのだろうけどな」

テオドール様の言葉に、ハッとする。そうか、あのドラゴン。元々は前闇の聖女が封印したドラゴンだ。

もしかしたら謎を解く鍵は、あの目覚めたドラゴン自身にあるのかもしれない。

だとして、あのドラゴンと意思疎通を図る術はあるのだろうか。何度も声をかけるたびに、暴れ回っていたドラゴン。リュート様のように、龍人の血が流れるわけでもない私が、本当にできるのか。

――リュート様はあっさりとドラゴンを従えていた。だが、ここに私を連れてきたリュート様には絶対に頼るわけにはいかない。彼を頼るということは、すなわち皇帝陛下に繋がるのだから。

彼らは、私にとっては間違いなく倒すべき敵になる人物なのだから。

「皇女殿下であれば協力してくれそうなのですが、彼女はまだデュトワ国ですよね」

「そうだな。だが、この国であれば、今まで知り得なかったドラゴンについて詳しく知ることができるし、おそらく公子たちもあのドラゴンの謎を調べるだろう。……重要なのは、あのドラゴンがラシェル嬢を主人と定めている限り、こちらにも打つ手はあるということだ」

「……彼らに対抗する手段、ということですよね」

私の言葉に、テオドール様は真剣な表情で頷いた。

「あのドラゴンの主導権を皇帝に握らせてしまえば、デュトワ国はもちろん、大陸中が戦に巻き込まれることになるだろう」

「そんなことはさせません！」

「あぁ、その意気だ」

テオドール様もまた、この先どうするべきか不安も大きいだろう。だが、混乱する私を落ち着かせ、前を向くようにと背中を押してくれる。

いつだって、テオドール様は、私にきっかけをくれる。

「テオドール様、ありがとうございます。私……一刻も早く帰りたいと、そればかりで。もっと根本的な問題に目を向けていませんでした」

「いや、俺だってどうすればいいのか、正直八方塞がりだ。だけど、こうなってしまったのだから、最善を見つける以外にはないからな」

「……デュトワ国を守るためには、あの狂人と呼ばれる皇帝と戦わなければならないのですね」

噂に聞くトラティア帝国の狂人が、私のすぐ側にいる。それを考えるだけで、恐ろしさに身震いする。だけど、先程よりも少しは冷静になれて力強さを感じるのは、テオドール様がいるからに他ならない。

「テオドール様、本当にありがとうございます。あの、私……」

敵だらけの異国に1人ではない。それがこんなにも心強いのか。

テオドール様に感謝の言葉を告げるも、それに対してテオドール様は、どこかぼんやりと遠くを眺めていた。

「テオドール様？」

返答がないことを不思議に思い、テオドール様に再度声をかける。すると、テオドール様はどこか焦ったように、こちらに視線を向けた。

「ん？　あ、あぁ。どうかしたか？」

「あの……やはり、かなり無理をしてここまで駆けつけてくださったのですよね」

先程までより、さらに疲れの色が濃くなっており、顔色もあまりよくない。そんなテオドール様の様子をじっくりと見ようとすると、テオドール様は何かを隠すように顔を背けた。

「いや、俺は本当に大丈夫だから」

「ですが……本当に顔色があまりよくないようで」

「俺のことより、ラシェル嬢は自身のことをまず第一に考えるんだ」

よくよくテオドール様の姿を見ると、ずっと腰元に手を当てている。今はどこか壁に体を預けているのか片足をだらりと投げ出して、力があまり入っていないように見える。

いつものように飄々《ひょうひょう》とした笑みを浮かべながらも、僅かに眉間に皺が寄っている。

「もしかして、怪我をされているのでは？」

もしもローブの下、隠された部分に、私からは確認できない傷を負っていたら。そう思うと、テオドール様に触れることはできないというのに、私はテオドール様が力を込めて抑えているように見える腰元に手を当てる。

だけど、もちろん幻影のテオドール様に私が直接触れて確認することは叶わない。

「いや、ちょっと魔力の使いすぎで疲れただけだよ」

「でも！」

正直、ここまで弱った姿を晒すテオドール様を見たのは初めてだ。いや、おそらく本人は隠し通そうとしているのだろう。だが、それを完璧に隠すこともできないほどに、かなりの無茶をしたのかもしれない。

――私に対しては、自分を大事にというのに。テオドール様ご自身のことは、いつも後回しにされるなんて。

肩を竦めて微笑むテオドール様に、私はもどかしい気持ちでいっぱいだった。

「……なぜ、このような無茶を！」

思わず強い言葉になってしまったが、私は決してテオドール様を責めたいわけではない。むしろ、この状況で真っ先に駆けつけてくれたことに感動さえ覚えていた。

だけど、それでも私にとってテオドール様はかけがえのない人だ。どんなことがあろうとも、自分を犠牲にしてほしくない。

――私があの時、上手く逃げられなかったばかりに……。いえ、そもそもドラゴンの封印を解いてしまったばかりに、大切な人たちを傷つけることになってしまった。

「おっ、心配してくれるんだ。嬉しいな」

「茶化さないでください！」

こんな時まで、冗談を言うように軽い口調のテオドール様に、私はもどかしい気持ちでいっぱいになる。

「もっと、もっと自分を大切にしてください」

「こんな時だから、だよ。ラシェル嬢」

「えっ？」

「この問題は君だけのものじゃない。これはデュトワ国という国の存続を賭けた戦いになる」

さっきまでの微笑みを消し、真剣な表情でこちらを見たテオドール様は、腰に当ててないほうの拳をギュッと固く握った。

「ドラゴンのことやトラティア帝国からの留学生は危惧していたが、こんなにも急に状況が悪化するなんて想像もしていなかった。それは俺の落ち度でもある。ルイやラシェル嬢、キャロル嬢やシリル……みんな同じ気持ちだ。大切な人が生きているあの国を守りたい。そう思うのは当たり前だろう？」

テオドール様の言葉に、ハッとする。

そうだ。今の状況への戸惑いと不安と、そしてどうしたらいいのか分からない焦燥《しょうそう》で、自分のことさえも上手く見ることができなかった。

「1人じゃできなくても、俺たちそれぞれが立ち向かえば、きっとこの状況を打破することはできるはずだ」

「1人じゃない……」

脳裏に、アンナさんやサラ、両親。サミュエルにシリル……そして、ルイ様の姿を思い浮かべる。きっと彼らは、既に立ち上がって戦い始めているのだろう。それぞれの方法で。

テオドール様は、私の表情が変化したのを感じたのか、フッと頬を緩めた。そして、触れられないことなど分かっていながら、私の頭をポンポンと撫でるように頭の上へ手を翳《かざ》した。

「俺だってそうだよ」

「テオドール様……」

「大切な人を守る。俺もそのために、ここにいるんだ。お姫様」

まるで眩しいものを見つめるように目を細めながら、深紅の目をこちらに優しく向ける。

「せっかくこんなに遠出してきたんだ。ナイト気分を味わわせてくれたっていいだろう？　だから、王子様が迎えに来るまで、ちゃんと君を守る栄誉を授けてほしいな」

微笑むテオドール様は、どこか儚《はかな》く、今にも消えそうな美しさがある。幻影だからなのか、テオドール様の周りからキラキラと淡い光のようなものが見える気がする。

疲れを癒すように目を瞑ったテオドール様の顔を見ると、僅かに寄った眉が少しずつ穏やかな表情になった。

やはり少しどこかで休んだほうがいいのだろう。眠って体力が回復すれば、きっといつもの元気なテオドール様に戻ることができる。

私は目を瞑ったまま眠ったように静かなテオドール様の顔を、ただジッと見つめていた。

どれほど時間が経ったのか。テオドール様は、相変わらず腰に手を当てたまま、口を開くことなく目を閉じたままだ。

——眠っているのかしら？　……だけど、なぜこんなにも嫌な予感がするのだろう。

テオドール様の様子を隅々まで観察すると、違和感の正体に気がつく。

「あの……テオドール様、手に何か。……えっ？」

その時、ずっと腰元に手を当てていたテオドール様の手が、赤く染まっていることに気づく。

魔術師の黒いローブで気がつかなかったが、もしかしたらかなりの深手を負っているではないだろうか。

「テ、テオドール様……」

「んっ……」

ポツリと呟いた私に、テオドール様は瞑っていた瞼をゆっくりと開けた。だが、どこか視点の定まらない様子で、視線を左右に揺らせると、何度か瞬きを繰り返す。

「傷を……傷を見せていただけませんか」

震える声でそう告げた私に、テオドール様は何の反応も示さなかった。あまりに不自然なほど。

「あの、傷を……。テオドール様？」

テオドール様が私の言葉を何度も無視したのは、おそらく心配をかけたくないからとか、傷を知られたくないからとかではない。だって、そうであればテオドール様であれば、聞き返すことや冗談で返してくるはずだから。

サーッと背筋が凍え、ガツンと鈍器で殴《なぐ》られたような衝撃に、私は思わず立ち竦む。

――いつから？　もしかして、テオドール様は今、私の声が聞こえていない？

さっきまで普通に会話していたというのに。

いや、本当にそうだろうか。隠すことが上手なテオドール様が、私に疲労を隠しきれなかった。その時点から、既に異変は始まっていたのだろう。

それなのに、私は今の今まで、テオドール様がどんな状態なのか、気がつくことができなかった。

だが、そんな私を安心させるかのように、テオドール様は美しい顔に笑みを浮かべた。

「大丈夫、大丈夫だよ。ラシェル嬢」

「テオドール様！」

まるでうわ言のように呟いたテオドール様に、私は目を見開く。

「ルイは、あいつは諦めないから」

なぜ気がつかなかったのだろう。何度も呼びかけても、テオドール様は微笑みながら、私を安心させるように落ち着いた声で何度も「大丈夫だ」「安心して」と私に語りかけ続ける。

「テオドール様、テオドール様！　私の声が聞こえますか？　今、私が見えますか？」

テオドール様の真正面に座り、必死に声をかける。だが、テオドール様の視線の先は、語りかけている場所は、先程まで私がいた場所。

そこには私はいない。

「大丈夫、始祖龍の生まれ変わりだか運命だか何だか知らないが、あいつの執着のほうが遥かに重いよ」

時折苦しそうに眉を顰める以外は、いつものテオドール様と同じ。少しからかい半分に軽口を言いながら口角を上げる表情。それだけを見れば、いつもと同じなのに。

私は叫ぶように呼びかけ続けた声が枯れ、口に手を当てて、呆然と声を失った。

何で、何でこの状況で、こんなにも優しく微笑むことができるの。何で、テオドール様……。

「君には指一本も触れさせない」

「お願い。テオドール様、もう喋らないで……」

溢れてくる涙を止める術もなく、私は顔を覆った。

これが本当に現実に起きていることだなんて信じられなかった。目の前にテオドール様はいるのに、何もできない自分の不甲斐なさに苛立ちを覚える。

そして、テオドール様の声が止まり、急に沈黙したことで、私は嫌な予感にハッと顔を上げる。

テオドール様は、苦痛に顔を歪めることもなく、ぼんやりとどこか遠くを見つめていた。

「あぁ、でもさすがに少し眠いかもな」

「テオドール様、どこにいるのですか！　すぐ、すぐそちらに……」

慌てて立ち上がり扉へと向かう。ガチャガチャとドアノブを回すも、やはりドアは開いてはくれない。

——何で、何で開いてくれないの！

今すぐここから出て、テオドール様の元へ駆けつけたいのに。それさえできないなんて。

自分の無力さに苛立ち、頑丈なドアをガンッと力一杯に叩きつける。拳を握った手はジンジンと痺れるが、痛みは感じない。

ポロポロと涙が溢れるのを、腕で拭う。

——泣いている場合じゃない。……今は一刻も早く、ここから出なくては。

何度も何度も扉を叩き、開けてくれと叫ぶ。だが、扉の外からは何の音もせず、私の叫び声だけが響き渡った。

その場に崩れ落ちるように膝を折った私の背後から、「大丈夫」と静かな声が語りかけた。

その声に振り返ると、目を瞑ったテオドール様は、フッと優しい笑みを浮かべた。

「俺は死なない。ただ……ちょっと眠るだけだ」

「……テオドール様？」

私の消え入るような小さな呟きに、さっきまで固く閉じていたテオドール様の瞼が、ピクッと動く。僅かに開いた瞼は今私がいる場所を見つめているようで、私は歓喜の声を上げる。

「テオドール様！　分かりますか、ラシェルです！　ここです！」

テオドール様がこちらを見ている。あぁ、きっと大丈夫だ。慌ててテオドール様の元へと駆け寄ると、今度は安堵から涙が止まらなくなる。

涙を拭うことなく、テオドール様の名を呼ぶ私に答えるように、テオドール様はギュッと眉を寄せた。

「あぁ、どうした？」

「どうしたって、だって……テオドール様が……」

「……あぁ。あとでまた遊ぼうな、ラシェル」

まるで幼子に語りかける兄のように、薄目を開けながら優しく微笑むテオドール様は、こちらに手を伸ばした。だが、その手は私に届くことなく、ゆっくりと淡い光の粒となり消えていった。

「テオドール様？　……テオドール様！」

消えていかないで。だって、このまま消えてしまったら、テオドール様が無事かどうかさえ

分からない。私は消えていった光の粒の最後の一つに手を伸ばす。

けれど、無情にもその最後の一つもキラリと光ったのち、跡形もなく消えてしまった。

頭の中で、テオドール様が消える前に見せた優しい微笑みと、私を《ラシェル》と親しみを込めて呼ぶ声が何度も何度も繰り返される。

あの表情も、あの声も。私の中の、遠い記憶の中にある。

——あぁ……そうか。何で忘れていたんだろう。

そうだ、テオドール様は……あの人によく似ている。幼い頃、おばあ様と一緒に遊びに行ったお屋敷で、よく遊んでくれた優しいお兄さん。

いつも私のわがままに、仕方ないというように笑ってつき合ってくれて、おばあ様が亡くなった時にはずっと寄り添ってくれていた温かい人。

一度思い出してみると、次々とぼんやりとした記憶が溢れ、鮮明に色づき始める。記憶の中にある、誰よりも優しいお兄さんとの思い出を。

記憶を辿っていくと、まるで絵本のように、頭の中に色んな場面が浮かび上がってきた。

その人が、本を顔に被せて眠っている姿や、屋敷の噴水の水で沢山の動物たちを作り出す魔術を見せた姿。陽に反射して影を作るその人をしっかりと思い出そうと目をギュッと瞑ると、脳裏に浮かび上がるその人の姿が徐々に変化していく。

頭の中でその後ろ姿が、誰かに呼ばれたように、ゆっくりと振り返った。

陽に浴びた銀色の髪をキラキラと反射させながら振り返ったその人は、誰かに答えるように手を上げると、赤い目を優しく細めた。――その姿は、今よりもずっと幼いテオドール様その人だった。

愕然としながら目を開ける。

けれど、先程まで幻としてでも存在していたテオドール様の姿は、もうそこになかった。まるで初めから存在していなかったように。

何で、気づかなかったんだろう。

ルイ様の婚約者として紹介された時、テオドール様は初対面とは思えないほどに親しみを込めた笑みを浮かべていた。ネル様が見せてくれた私の死後、真っ先に森に駆けつけたテオドール様は、私の遺体に優しく自分のローブをかけてくれた。魔力を失ったあとも、領地に行く時も、闇の精霊の謎に迫る時も、いつだって側で優しく見守ってくれていた。

なぜ、初対面からこんなにも親しく接してくれるのだろう。なぜ、あまり関わりのなかった前の生で、死に際に駆けつけてくれたのだろう。なぜ、いつだって側で見守り助言をくれたのか。

思い出すチャンスはいつだってあったのに。私はテオドール様の優しさに甘えて、それをしてこなかった。

いつも私の前に現れる大きな背中は、あまりにも偉大で、優しさに溢れているというのに。

――テオドール様、もしかしたら……あの時から、ずっと見守ってくれていたのですか？

そう聞きたいのに、私の声から漏れるのは、嗚咽と共に繰り返し漏れる、懺悔《ざんげ》の言葉だった。

◆◇◆◇◆

涙が枯れるまで、どれほど泣いたのだろうか。

私は力の入らない体を、冷たい壁に押しつけながら、ぼんやりと壁のシミを見つめた。

テオドール様の幻影が消えたあと、私は必死にこの部屋を脱出しようと色んなことを試した。

頑丈な扉を魔術で破壊しようと何度も攻撃魔法を使用したり、私につけたというテオドール様の契約精霊に呼びかけたり。

精霊王であるネル様からもらったペンダントを通じて闇の精霊の地に移動できないかと思い、胸元のペンダントに手をかけた。だが、いつだって身につけていたペンダントは、どこかで落としたのか、何度首を確認してもそこにはなかった。

それでも諦めるなと自分を鼓舞《こぶ》し、考えられる全ての方法を試そうと、果ては今回の原因になったドラゴンを頼ろうとさえした。

だが、そのどれもが失敗に終わった。

——1人じゃなくても、それぞれのできることを。

テオドール様のその言葉が、何度も私の頭の中で響き続ける。それでも、今は体も上手く動かなければ、全ての力を奪われたように体が重い。この感覚はまるで、魔力を失って目が覚めた時のよう。

その時、ガチャッと外鍵が開けられる音に、重い瞼を開ける。

扉が開いたその瞬間、外の明かりなのか、それとも入ってきた人物の神々《こうごう》しさなのか。あまりの眩さに、焦点が定まらず、ぼんやりとした輪郭を呆然と見つめた。

だが、その人物が部屋の中に一歩踏み入ったその瞬間、一気に室温が氷点下に下がったかのように、全身に悪寒が走る。

——何、この空気！

コツコツと、靴音を響き渡らせながらこちらに近づいてくる人物の異様な空気感に、私は思わず体を縮こまらせた。空気がビリビリと鳴り、直接肌に突き刺さるような痛みを纏う。

「……こいつか」

地鳴りのような低い声が、部屋に響く。

目の前に来たその人物は、一言発しただけなのに、ブルブルと震えが止まらない。そっと視線を上げると、眼光の鋭い赤紫色と視線が合う。

目が合った瞬間、ドラゴンが側にいた時と同じように耳鳴りがする。……いや、あの時とは段違いの耳鳴りだ。ズンッと重苦しい音に、まるで金縛りにあったように、指一本も動かすことができない。

――まさか、この人が……。

「随分と騒がしいというから見に来てみれば……見苦しい」

「あなたは……」

重い口を何とか開き発した声は、恐怖に震え絞り出したような見苦しい掠れた声だった。

だが、目の前の人物はそんなことを一切気にする様子はなく、私の目の前に膝をついて、ジッと観察するような無機質な瞳でこちらを見た。

彼が首を僅かに横に傾げると、部屋に一つしかない小さなランプのオレンジ色と同じ、燃えるように揺れめくオレンジ色の髪がさらりと揺れた。

「本当にお前が、俺の運命の相手だというのか？」

どこか蔑むように言い放ったその人は、アレク・トラティア。

このトラティア帝国の狂人と呼ばれる、若き皇帝に間違いないだろう。

外伝　テオドールの約束

突如、ラシェル嬢のバングルに封印されていたドラゴンが巨大化し暴れ出した。それを知ったのは、ラシェル嬢にかけた術にちょっとした違和感を覚えたからだった。

その時、俺は魔術師団の勤務が終わり、屋敷に帰る途中だった。

俺は常日頃から、屋敷内や王宮、そして今自分が受け持っている地域など、その場に行かなくてもすぐに危険を察知できるように術をかけておく癖がある。だが、それとは別にもう一つ、俺がまだ幼かった少年時代にかけた古い術があった。

大事な女の子を守るための術。その子に何か危険があれば、すぐに知らせるもの。――それをかけた相手というのは、まだ小さかった頃のラシェル嬢だ。

彼女に出会えていなかったら、おそらく自分は今、ここにはいないのではないだろうか。そう思うほどに、感謝をしている相手でもある。

皆とは違う能力を持ち、誰とも分かり合えず、信じた人からも化け物と恐れられる。そんな俺を人間でいさせてくれたのは、間違いなくラシェル嬢だった。

だから、彼女が祖母を亡くして落ち込んでいる時に、何かあったらすぐに駆けつけると約束したんだ。ラシェル嬢にとっては、ただの口約束だっただろうが、俺にとっては、彼女を守ることを許された、特別な約束だった。

幼い頃にかけた術は完璧ではなく、そのあとにもっと精度を増して術をかけ直してはいた。もし彼女の身に危険があれば、命を守れるように、という術に。

だがもちろん、自分でかけておいてなんだが、この術が作動することを望んだ日は1日となく、ラシェル嬢の平穏だけを願っていた。

——何か、おかしい。

ラシェル嬢に繋げたはずの魔術の糸に、僅かながら緩みを感じた。術の緩み、それだけであれば、再度かけ直せばいいだけだ。だが、変に胸騒ぎと違和感がある。

自分で言うのもおかしいが、俺の魔術に誤作動はあり得ない。となれば考え得るのは、ラシェル嬢に何らかの危険が迫ったものの、それを回避した、という可能性だ。

——ラシェル嬢に、何かあったのか?

俺は帰宅の足を止めて、術が作動しかけた場所へと、移動することにした。

術の跡を追って、魔術により瞬間移動すると、そこは王都の外れの森だった。目の前には、急に現れた俺に対して驚きに目を見開くシリルの姿があった。

シリルから状況を聞き、すぐに理解した。空を悠然と泳ぐ大きなドラゴンと崩壊しそうな見張り塔。そして、姿の見えないルイ。それだけで、すぐに自分が何をするべきかを察知した。

すぐさま、塔の中からラシェル嬢とマーガレット皇女を助け出し、彼女たちの無事を見届けると、すぐに森の消火活動を始めた。

ドラゴンと対峙するなんてもちろん初めてで、戸惑いがないといえば嘘だ。それでも、すぐに応援に駆けつけた魔術師たちの前で、俺が少しでも狼狽えた姿を見せれば、彼らの士気に関わる。

今、この瞬間に大事なのは、1人の犠牲も出すことなくこの状況を収めることだけだった。

「ルイ！　おい、大丈夫か！」

消火活動を行っていた地点の北西で大きな爆発音がした。その音に慌てて向かうと、穴の中で地面に伏したルイの姿。そして、遠く東の方角へと去っていくドラゴンの姿だった。

——ドラゴンはどこに行く気だ？

先程の爆発音は、誰かの魔術だろう。地面が5メートルほど抉《えぐ》られて穴になっている。おそらく、ルイに向けて放たれたものだろうが、まさかドラゴンによる攻撃だったのだろうか。

とはいえ、ルイ本人は防御の魔術を使ったのか大きな怪我はない。俺はルイに手を差し伸べて、穴から引っ張り出した。

「怪我はないか？　おい、何があったんだよ」

「俺は大丈夫だ。それより、ラシェルが、ラシェルが！」

珍しく取り乱した様子のルイが、遠く飛んでいくドラゴンを睨みつけながら、東の方角へと駆け出しそうになっている。ルイの腕を掴みながら、俺はルイの顔をこちらに向けさせた。

「は？　ルイはラシェル嬢と一緒にいたんだろ？」

「一緒だった。だが、急に忽然《こつぜん》と姿を消したと思ったら……ラシェルは、ドラゴンに乗っていて……カルリア公子に、あいつに連れ去られたんだ」

「なっ、どこに！」

「おそらく、方角的に……トラティア帝国だろう」

ここからトラティア帝国だと？　普通に考えればどんなに急いでも1カ月は余裕でかかるだろう。何より、何カ国も跨ぐための手続きに足止めを食らう可能性は高い。

だとして、1カ月以上もラシェル嬢をそのまま放っておけるはずがない。

――となれば、方法は一つ。

「ルイ。俺は痕跡《こんせき》が残っている間に、ラシェル嬢を追う」

「だったら、私も！」

ルイがそう言うことは分かっていた。俺としても、ルイが一緒のほうが心強い。魔術の強さでいえば俺のほうが上だが、戦術や剣の強さ、ここぞという時の粘り強さはルイが上手だろう。

おそらくルイを連れていった方が、俺としても安心してトラティア帝国に乗り込むことができる。だが……。

「お前は連れていかない」

「なぜだ！」

「俺が単独で動いたほうが、早くラシェル嬢の元へ到着するからだ。ルイ、分かるだろう？」

魔術を駆使して一刻も早くトラティア帝国に到着するには、1人のほうが身軽だ。何より、俺が時々使う瞬間移動は、俺自身負担が強い。自分以外を運ぶとなると、近距離であればまだ何とかなるが、遠距離では自分の魔力が持たないだろう。

ルイだって、そのことを十分知っているはずだ。

「分かっている。だが、ラシェルを攫われたまま黙っていることなどできない」

悔しそうに唇を噛みしめるルイの肩に、両手を置く。そして、冷静さを欠いているルイがなるべく落ち着けるように、「周りをよく見ろ」と静かに声をかける。

俺の言葉に、ルイは目を見開いた。

「俺には俺だけができる方法がある。お前だってそうだ。ルイにしかできない方法があるだろう。だから、それぞれ違うルートでお前も俺も、ラシェル嬢を助けるべきだ」

「……違うルートだと？」

「相手はトラティア帝国の皇帝だ。今の俺とルイ、それにデュトワ国の騎士団や魔術師団全員を連れていっても歯が立たないかもしれない」

ドラゴンがどれほどの速度で飛んでいるのかは分からないが、おそらく俺たちが想像もできないほど早くトラティア帝国に到着する可能性がある。つまり、状況は一刻一秒を争うということだ。

となれば、俺1人で行動するのがベストだろう。

「だが！」

「この間、ルイに渡した試作品の魔道具の中に、遠距離でも連絡を取り合えるものがあったはずだ。それを使えば、それぞれの状況は分かる」

「だが、まだ試用段階だろう」

「それでも、ラシェル嬢を見失うよりはマシだ。……ルイ、俺に任せてくれないか」

誰よりも、ルイ自身が駆けつけたいというその気持ちは、痛いほどよく分かる。ラシェル嬢とルイを見ていたからこそ、この2人が離れていいはずがないということも。何より、俺だってラシェル嬢とルイが共にいられない未来など、信じたくもないのだから。

自分の愛する人を己の手で守りたい。そんなルイの想いは、俺がしっかりと引き継ぐ。そんな想いを込めて、ルイの肩に置いた手に力を込めた。

「殿下、落ち着いてください。テオドール様が向かってくださるのです。きっと、ラシェル嬢は無事です」

そう力強く言うシリルもまた、ルイ同様に不安なのだろう。瞳が僅かに揺れている。

「分かっている。テオドールが提案してくれたことが一番だと。任せるのであればテオドールしかいないということも」

今、ルイの中では、激昂して冷静さを欠くルイと、それでも最善を導き出そうとするルイがそれぞれいるのだろう。自分がどうするべきか、何をしなければいけないかを理解していても、それができないのだろう。

そんなの当たり前だ。たった1人の愛する人を奪われたのだから。

「……だが、ラシェルがいない今、安心なんて一切できないんだ」

「ルイ……」

手のひらで顔を覆い、弱々しい声で呟くルイに、俺は胸が痛くなる。

ルイはわなわなと震えながら、手のひらを外した表情は怒りに震え、血走った目で空を睨みつけた。

「あいつら、絶対に許さない」

その表情は、俺さえもがゾクッと寒気がするほどに恐ろしい形相《ぎょうそう》をしていた。まさか、ルイがここまで怒りを露わにするとは。

「ドラゴンに対抗する術があるのなら、私はどんなことだってやってみせる。たとえ悪魔に魂を売ってもな」

ルイの言葉は間違いなく本心だ。きっとラシェル嬢に何かあれば、幼い頃から天使と持て囃されたルイは、おそらく本物の悪魔にさえなってしまうのだろう。それほどに人の想いの強さは、ある種恐ろしいものだ。

だが、俺だってそうだ。

「あぁ、同感だ。……俺は何としてでもラシェル嬢の元に辿り着いて、彼女に指一本触れさせないように守る。だから、お前は力をつけ、強力な仲間とどんな手段を使っても、トラティア皇帝からラシェル嬢やこの国を守る術を見つけてくれ」

大事な人たちを傷つけられて黙っているほど、俺はお人よしではない。ルイとシリルに、必ずラシェル嬢を守ると約束し、ドラゴンの痕跡を追うために、魔術を使いその場をあとにした。

◆◇◆◇◆

瞬間移動できる一度の距離はせいぜい100キロが限界だ。それでも、その距離を何度も何度も繰り返し進んだため疲労は増していき、一度休憩を取るために初めて訪れた国の山中に身を隠した。

「あー、想像よりキツいな」

ここまではドラゴンからつかず離れずの距離で、何とかついていくことができた。だが、それができるのもここまでだろう。

「一直線に東か。……ドラゴンってやつは随分と速い乗り物なんだな」

遠くに見えるドラゴンの影を苦々しく見つめながら、俺は深いため息を吐き、その場に倒れ込んだ。

——さて、ここからどうするか。

何より優先しなければならないのは、ラシェル嬢を見失わないこと。であれば、ある程度は危険を犯さなければならないだろう。

「ラン、おいで」

普段は姿を隠している、自分の契約精霊の1人を呼び出す。すると、どこからともなく、柔らかい風が頬を掠め、小さな竜巻を起こす。その竜巻がグルグルと遊ぶように俺の周りを回ると、それは小さな少年の姿になる。

人間でいえば5歳ぐらいの小さい子供の姿をした精霊は、風の高位精霊だ。

『テオドール、呼んだ？　呼んだ？』

呼び出されたことが嬉しいのか、ぴょんぴょんと跳ねた金髪を揺らしながら、随分とはしゃいでいる。

「あぁ、いい子だ。風の高位精霊であるランなら、ドラゴンに追いつけるな？」

『ラン、速い！』

力こぶを作るようにグッと肘を曲げたランの頭を撫でると、ランは嬉しそうに目を細めて、へへっと笑った。

この高位精霊は、俺が幼い頃に最初に契約した精霊のうちの1人だ。だからだろうか、高位精霊であってもより幼い風貌をしている。だが、小さい頃から一緒に育ってきた相棒のような存在だから、言葉を重ねなくとも、俺の意図を汲んで行動してくれる。

「カルリア公子に見つからないように姿を消して、ラシェル嬢についていくんだ。状況を逐一、俺に報せるように」

『分かった。できる、できるー！』

俺の頼み事に、ランは嬉しそうに空を飛んだ。風と遊ぶ軽やかさは、さすがは風の精霊だ。

俺は腰元につけたバッグから一つの魔道具を取り出すと、ランの首にかける。

そして、もう一度ランの頭をよしよしと優しく撫でた。

「よし、頼んだ。お前もちゃんと無事に、俺の元に帰ってくるんだぞ」

『テオドール、またね！』

ニコニコと明るい笑顔を浮かべながら俺に手を振ると、ランは鳥のように軽やかに空へと飛んでいった。そして、随分と遠くまで飛んでいくと、自身の姿を隠すように姿を消した。

——あいつはかくれんぼが得意だから、きっと龍人であろうと見つかることはないだろう。きっと、すぐにラシェル嬢の元に辿り着いてくれるはず。

「あとは、ランの気配を追っていくだけだな」

とはいえ、かなり早い段階でここまで魔力を消費してしまったのは誤算だ。おそらく、塔でマーガレット皇女を運んだ時に、相当魔力を必要としたらしい。ラシェル嬢だけであれば、同じ魔力を介している分、負担も少ない。だが、あの龍人の魔力というものは、不思議なものだ。

皇女に意識はなかったが、あれはおそらく自分の魔力の制御ができていない。無意識のうちに、こちらの魔力を容赦なく削ってこようと、自然と攻撃的な魔力を発していたのだろう。だからこそ、あの短時間の関わりだけでも、ダメージを受けた。

——となると、トラティア帝国に入ってからが問題になる。

あの国で自分の魔力がどれほど通用するのか。それが読めない分、恐ろしさがある。

『テオドール』

俺の名を呼ぶ声に視線を下げると、そこには俺の右足に、じゃれつくように纏わりつく黒猫の姿があった。

「悪いな。お前も疲れただろう？」

『疲れてない。クロ、大丈夫！』

黒猫ちゃんを抱き上げて頭を撫でると、黒猫ちゃんは気持ちよさそうに耳を下げた。

「早くラシェル嬢のところへ行こうな」

俺の言葉に、黒猫ちゃんは『ニャー』と元気よく返事をした。

なぜ、ラシェル嬢の契約精霊である黒猫ちゃんがここにいるのかといえば、俺が連れてきたからに他ならない。契約主と契約精霊というのは、深い繋がりがあり、契約精霊はどこにいたとしても、契約主の居場所を把握できるからだ。

俺は精霊と会話ができるため、精霊の地でなくとも黒猫ちゃんと会話が可能だ。だからこそ、もしもランがラシェル嬢の居場所を見失ったとしても、黒猫ちゃんがいれば連れていってくれる、ということだ。

座り込んだ俺の膝によじ登り、ゴロンとリラックスした黒猫ちゃんの様子を見ていると、今現在ラシェル嬢に身の危険はないと分かる。もしもラシェル嬢に何かしらの危険があれば、俺の術も作動するだろうが、黒猫ちゃんもすぐに気づくからだ。

だから、このように安心してのんびりとする黒猫ちゃんに、俺自身助けられているとも言える。

──ルイには落ち着けと言ったが、俺もまた冷静ではなかった。あの子に、ラシェル嬢に何かあれば、自分も平静を保てる自信がないからだ。

黒猫ちゃんは、俺の膝の上でひとしきりゴロゴロとすると、満足したとでも言いたげに伸びをした。そして、不思議そうに首を傾げながらこちらを見上げた。

『テオドール、前にもクロを連れ出したことあった』

「前？　あー、マルセル侯爵領の禁術騒ぎの時か」

黒猫ちゃんの言葉に、よく覚えていたなと、俺は目を丸くした。

確かに思い返してみれば、昔アロイス神官がラシェル嬢を攫った事件が起きた時も、俺は黒猫ちゃんにラシェル嬢の居場所を聞いた覚えがある。

あの時は、アロイスも本気でラシェル嬢を攫ったわけではなく、ある意味一時保護のようなものだった。

──だが、今回は全く違う。

俺は今まで、自分より強い魔力を持つ人間に出会ったことがない。だからこそ、いつだって冷静に戦況を見極め、余裕を持っていられた。自分が誰よりも強いと分かっていたから。

けれど、今度の敵は未知だ。自分自身、俺１人で立ち向かうことができるのか。本当にラシェル嬢を自分が守り切れるのか。不安がないといえば、嘘になる。

「あの時も今回も、黒猫ちゃんがいてくれてよかったよ。……いや、それよりももっと前からかな。君がラシェル嬢の契約精霊でいてくれて本当によかった」

おそらく、俺とラシェル嬢の関わりを繋ぎ止めてくれたのは、この子の存在だ。

ルイとの婚約を知った俺は、自分の意志でラシェル嬢と距離を取った。成長したラシェル嬢と関わることで、昔の淡い想いが色を濃くし、ラシェル嬢に邪《よこしま》な想いを抱いてしまうのではないかと恐れたからだ。

俺にとっては、ラシェル嬢もルイもどちらも大切な人だ。だからこそ、そんな気持ちを抱くのは避けたかった。だけど、どうしても近くにいれば、ラシェル嬢を目で追ってしまう。彼女が困っていれば、手を差し出したくなる。辛そうにしていれば、頭を撫でたくなってしまう。

だからこそ、できる限り目に入らないようにと、遠ざけたんだ。

だけど、ラシェル嬢が魔力を失って、ルイが俺に助けを求めた。どうにかラシェル嬢を助ける術はないだろうかと。そして、久しぶりに訪ねたマルセル侯爵家で、この黒猫ちゃんを見つけた。

「君がいたからこそ、俺は自分の気持ちに気づけたし、自分の本当の望みも知ることができたんだ」

そう、闇の精霊なんてものが存在したから、俺は目を背けていたラシェル嬢から逃げる術がなくなった。今の彼女を知り、今の彼女を助けたんだ。

黒猫ちゃんを抱きかかえ、目線を合わせる。すると、黒猫ちゃんはラシェル嬢とよく似たクリッとした目で俺を見た。

『テオドールは、何でラシェルをいつも助けるの？』

「何で……何でか」

黒猫ちゃんの純粋な瞳に、俺は思わず吹き出す。

「昔、約束したんだよ。小さいラシェルとさ」

そんな真正面から質問してくる奴なんて誰もいないから、言葉にするのさえ恥ずかしい。だけど、何よりも大切な思い出に胸が温かくなる。

『どんな約束？』

随分と踏み込んでくるな、と思いながらも、嫌な気分はしない。それどころか、今まで胸に秘めていたものを誰かに話すことができる幸福に、浮かれてさえいた。

「困った時には駆けつけて守ってやるってさ」

『それだけ？』

「そう、それだけ。小さい時のただの口約束」

黒猫ちゃんの言う通りだ。俺しか知らない、破ったからって誰も咎《とが》めることはない、ただの口約束。

——だけど、俺にとっては、たった一つ。誰であっても汚すことのできない、何よりも大切なもの。

「ラシェル嬢は覚えてないけど、彼女にとっては昔の口約束。だけど、俺にとっては、それがあるから繋がっていられる気がする。だから、大事なものなんだ」

『テオドール、ラシェルが大切？』

本当に、この黒猫ちゃんは契約主と一緒で、かなり直球が好きなようだ。つい契約主であるラシェル嬢を思い浮かべて、眉が下がってしまう。

——ただ、この質問は考える必要もない。だって、答えは分かりきっているんだから。

「あぁ、大切だよ」

思いの外、自分の口から随分と柔らかい声が出た。

「俺にとっては、何ものにも変えられないたった1人の大事なお姫様だ」

『片想い？』

「は？　片想いかって？」

まさかの言葉に、取り繕《つくろ》う暇もなく、目を見開いた。だが、あまりのおかしさに、すぐに笑いを堪《こら》えられなくなった。こんな山奥で誰も聞いていないことが分かっているからこそ、笑いは止まることなく、なぜか無性に涙が滲む。

「ハハッ、面白いことを言うな。片想い……片想いか」

ひとしきり笑った俺は、滲む涙を拭いながら、ニッと口の端を上げた。

『ラシェルが好きなのは、ルイ』

「あぁ、そうだな」

『テオドールもラシェルが好き。これって片想いでしょ』

「……あぁ、そうかもな」

確かに気持ちの矢印だけでいえば、完全に一方通行だ。

「でも、一方通行でもいいんだ。だって、片方でも道は繋がっているんだろう？　だったら、守る理由には十分なる」

『じゃあ、不毛な恋ってやつだ』

「黒猫ちゃん、よくそんな難しい言葉知っているな」

『侍女たちがそういう恋バナってやつ、よくしている』

「ふーん、不毛な恋、な」

確かに、俺がラシェル嬢を好きだとして、この恋が成就《じょうじゅ》することは決してない。だけど、だからといって、不毛かといえば絶対に違う。

——だってさ。

「黒猫ちゃんの推察はなかなかいい線いってたよ。だけど、残念だけど、それは違う」

『違う？』

だって俺は、ラシェル嬢とルイが幸せそうに笑っているのが大好きだからな。ラシェル嬢に幸せになってほしい。笑顔でいてほしい。そう思うのと同じぐらい、ルイの幸せだって祈っているんだ。

俺の大好きな2人が想い合って、幸せでいてくれる。そして、たまに俺もその輪の中に入る。そんな時間が、俺にとっては何よりも大切で、愛しい時間なんだ。

——だから、この気持ちが不毛な恋、なんてものなはずがないんだ。

俺は頭上を見上げた。出発した時は闇が広がっていた空も、今は新しい陽が昇り、雲一つない青空が広がっていた。

こんな時だっていうのに、空はいつだって広くて綺麗だ。

「もし、俺の気持ちに名前をつけるのなら、それは……」

だからこそ、思い出す。俺がなぜ、ラシェル嬢を大切にするのか。

「間違いなく、それは愛だよ」

どうか、いつだって君が傷つくことがないように。

どうか、苦しむことがないように。

どうか、君が望む人と永遠に幸せでいられますように。

そう願う気持ちは、きっと愛なのだろう。

『愛？　何が違う？』

黒猫ちゃんは不思議そうに首を傾げた。

だが、俺はそれにあえて答えず、黒猫ちゃんを抱きながら立ち上がった。

——よし。少し休憩したおかげで、さっきより力が戻ってきたな。

「黒猫ちゃん、おいで。さぁ、ここからはかなり険しい道のりだ。……魔獣がうじゃうじゃいる」

——それに運よく無傷でここを通り抜けられたとしても、トラティア帝国に入れば恐ろしい猛者《もさ》たちが大勢いる。それらを掻い潜《くぐ》り、最短でラシェル嬢の元へ辿り着かなければ。

化け物と呼ばれていた俺を、人間として繋ぎ止めてくれたのは、間違いなく君だ。ラシェル嬢。

君は知らないだろうけど、君に救われた人間はきっと俺だけじゃない。君を特別に想っているのも俺だけじゃない。それでもいいんだ。

俺にとって、君が、君だけが特別なんだから。

君があの頃のように笑ってくれるのなら、俺は何だってするよ。たとえ、人間じゃなくなろうとも。

あとがき

蒼伊です。再びご挨拶ができること、とても嬉しく思います。

この度は『逆行した悪役令嬢は、なぜか魔力を失ったので深窓の令嬢になります7』をお手にとっていただきまして、誠にありがとうございます。

6巻まではラシェルの逆行の謎と死の真相を追っていきました。それが明らかになり、7巻ではまた新たな登場人物と共に、運命という大きな壁に立ち向かっていきます。

絆が益々深まるルイとラシェルですが、トラティア帝国からやってきた留学生たちにより、苦境に立たされることになります。

マーガレットとリュートという2人の留学生ですが、どちらも一癖ある人物たちです。マーガレットは、転生者であり皇女という立場でありながら、子供っぽく天真爛漫な少女です。この物語には、ラシェル、アンナという2人のヒロインがいます。ですが、個人的には立場が変わればマーガレットもまた、ヒロインなのだろうなと思いながら執筆していました。

そして、いつもラシェルを見守り、窮地に駆けつけてくれるテオドールですが、今回は彼がラシェルにとって、どういう存在でいたいのか。それをラシェルに伝えることができました。

テオドールはラシェルのことをよく「お姫様」と呼ぶのですが、ラシェルの王子様はルイがいます。ですが、テオドールにとって、お姫様を守る騎士の座は自分でありたいと願っているのですよね。とても愛情深く、強い人物だと思っています。

イラストを担当してくださったＲＡＨＷＩＡ様の繊細で美麗な世界観に、今回も心が震えました。登場人物たちの生き生きとした姿は、一瞬で物語の世界へ連れていってくれます。本当にありがとうございます。

また、いつも優しく支えてくださる担当様、ツギクルブックス編集部の方々、そして出版に携わってくださった全ての皆様に深く感謝申し上げます。

最後に、この本を手にとりお読みくださった読者様に最大級の感謝を。

本当にありがとうございます。

２０２４年2月　蒼伊

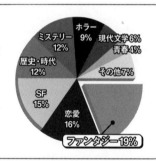

こんなはずじゃなかった？
それは残念でしたね
～私は自由気ままに暮らしたい～
著：風見ゆうみ
イラスト：しあびす
もふもふな仲間に囲まれて、楽しく過ごすことにしました！
コミカライズ企画進行中！
幼い頃に両親が亡くなり、伯父であるフローゼル伯爵家の養女になったリゼ。
ある日、姉のミカナから婚約者であるエセロを譲れと言われ、家族だと思っていた人達から嫌がらせを受けるようになる。やがてミカナはエセロを誘惑し、最終的にリゼは婚約破棄されてしまう。
そんなリゼのことを救ってくれたのは、かっこよくてかわいいもふもふたちだった！？
家を出たリゼが、魔法の家族と幸せに暮らす、異世界ファンタジー！
定価1,430円（本体1,300円＋税10％）
ISBN978-4-8156-2561-0
ツギクルブックス
https://books.tugikuru.jp/

出ていけ、と言われたので出ていきます
1~5
著
枝豆ずんだ
イラスト
アオイ冬子
緑川明
婚約破棄を言い渡されたので、
その日のうちに荷物まとめて出発！
猫と一緒に
二人（？）旅を楽しみます！

政略結婚
～あなたが好きで結婚したわけではありません～
著：綺咲潔
イラスト：祀花よう子
義弟のために領地改革がんばります！
5歳の義弟が可愛いすぎ！
病床に伏せっている父親の断っての願いとあって、侯爵令嬢のエミリアは、カレン辺境伯の長男マティアスとの政略結婚を不本意ながら受け入れることにした。それから二人の結婚式が行われることになったが、夫となるマティアスは国境防衛のため結婚式に出ることができず、エミリアはマティアスの代理人と結婚式を挙げ、夫の領地であるヴァンロージアに赴くことに。望まぬ結婚とはいえ、エミリアは夫の留守を守る女主人、夫に代わって積極的に領地改革を進めたところ、予想外に改革が成功し、充実した日々を過ごしていた。しかし、そんなある日、顔も知らない夫がとうとう帰還してきた……。はたして、二人の関係は……？
定価1,430円（本体1,300円＋税10%）
ISBN978-4-8156-2525-2
ツギクルブックス
https://books.tugikuru.jp/

平凡な令嬢 エリス・ラースの日常 1～2
The Everyday Life of an Ordinary Lady Ellis Lars
まゆらん
イラスト 羽公
平凡って楽しくてたまりませんわ！
エリス・ラースはラース侯爵家の令嬢。特に秀でた事もなく、特別に美しいわけでもなく、侯爵家としての家格もさほど高くない、どこにでもいる平凡な令嬢である。……表向きは。
狂犬執事も、双子の侍女と侍従も、魔法省の副長官も、みんなエリスに忠誠を誓っている。一体なぜ？　エリス・ラースは何者なのか？
これは、平凡（に憧れる）令嬢の、平凡からはかけ離れた日常の物語。
定価1,320円（本体1,200円＋税10%）　978-4-8156-1982-4
ツギクルブックス
https://books.tugikuru.jp/

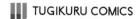

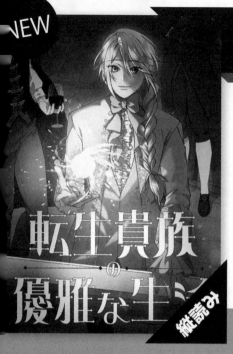

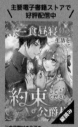

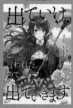

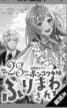

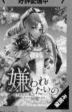

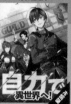

ツギクルブックス

愛読者アンケートに回答してカバーイラストをダウンロード！

愛読者アンケートや本書に関するご意見、蒼伊先生、RAHWIA先生へのファンレターは、下記のURLまたは右のQRコードよりアクセスしてください。
アンケートにご回答いただくとカバーイラストの画像データがダウンロードできますので、壁紙などでご使用ください。
https://books.tugikuru.jp/q/202403/gyakkouakuyaku7.html

本書は、「小説家になろう」（https://syosetu.com/）に掲載された作品を加筆・改稿のうえ書籍化したものです。

逆行《ぎゃっこう》した悪役令嬢《あくやくれいじょう》は、なぜか魔力《まりょく》を失《うしな》ったので深窓《しんそう》の令嬢《れいじょう》になります7

2024年3月25日　初版第1刷発行

著者　蒼伊《あおい》

発行人　宇草 亮
発行所　ツギクル株式会社
〒105-0001　東京都港区虎ノ門2-2-1
発売元　SBクリエイティブ株式会社
〒105-0001　東京都港区虎ノ門2-2-1

イラスト　RAHWIA
装丁　株式会社エストール

印刷・製本　中央精版印刷株式会社

ISBN978-4-8156-2528-3
Printed in Japan